5年も苦しんだのだから、もうスッキリ幸せになってもいいですよね?

gacchi

Regina

レジーナ文庫

ケヴィン
ルールニー王国の王弟で、レオナルドの叔父にあたる。幼い頃をコンコード公爵家で過ごし、ずっとミレーヌを想っていた。生まれつき強い魔力を持っている。
ミレーヌ
王族に連なる、コンコード公爵家の令嬢。レオナルドと政略的な婚約をしてから五年間、王妃に虐げられながらも、つらすぎる王子妃教育に耐えてきた。ひょんなことをきっかけに、久しぶりにケヴィンと再会して——
登場人物紹介

リン
レオナルドの同級生で、
恋人。今は伯爵令嬢だが
平民として育ったため、
貴族のマナーに疎い。
王妃
ルールニー王国の王妃。
ミレーヌを嫌い、ケヴィンに
執着している。
レオナルド
ルールニー王国の第一王子。
リンと結婚したいがために、
ミレーヌに婚約解消を告げ
る。王妃に甘やかされたた
め、王子としては半人前。
マーガレット
ルールニー王国の隣国、レガー
ル国の第一王女。快活だが、
思い込みが激しい一面も。魔
力を持っていないことがコンプ
レックス。

目次

5年も苦しんだのだから、
もうスッキリ幸せになってもいいですよね？

プロローグ

目の前にあった紅茶を一口飲むと、ぬるい上にやけに渋みがあった。

私は思わず顔をしかめる。

いつになく表情に出してしまったのは、さすがに疲れていたからかもしれない。

この状況に……

「やっぱり私なんかが淹れたお茶は美味しくないですよね……すみません……」

小さくそう言ったのは、リン・ケルドラード伯爵令嬢だ。

私が座っている二人掛けのソファの向かいには、同じように二人掛けのソファがある。

彼女は、私の婚約者であるルールニー王国の第一王子レオナルド・ルールニーに隠れるようにしてそれに腰掛けていた。

週一回のレオナルド様との交流会は、私の王子妃教育を早めに切り上げたあと、応接室で行うことになっている。

そのため、私はいつもと同じように王子妃教育を終え、応接室に来たのだが。

……どうしてここにケルドラード伯爵令嬢がいるのだろうか。

レオナルド様と親しくしているのは知っていたが、王宮にまで連れてきたことはなかったはずだ。今日はなぜ同席させているのだろう。

そんな疑問を持ちながらも、とりあえず黙ってレオナルド様と彼女を見つめる。

「そんなことないよ、リン。美味しいよ」

「でも、ミレーヌ様が美味しくなさそうな顔をしていました……やっぱり私なんて何もできなくて……ぐすっ」

ケルドラード伯爵令嬢は、この国ではめずらしくない濃い茶色の髪を揺らし、同じような濃い茶色の大きな瞳をうるうるさせる。小柄で幼く見える彼女がこらえきれずにぽろぽろと涙を流す姿は、まるで可愛らしい小動物のようだ。

そんな彼女を愛しそうに見つめて、レオナルド様は優しく声をかける。

「泣かなくていいよ、リン。ミレーヌは優しいから大丈夫だよ」

「でもぉ。でもでもぉ」

私は先ほどから何を見せられているのだろう。

この人は婚約者との交流会に愛人を連れてくるほど、非常識な方だっただろうか？

文武ともに努力することを嫌う人ではあるが、王家に生まれた者としてマナーはしっかり学んでいたはずである。

レオナルド様は、陛下の唯一のお子だ。他に王位継承権を持つ者はいるが、レオナルド様が王太子になることが決まっている。だから、レオナルド様の結婚相手は将来の王妃になる可能性が高い。

ルールニー王国の王妃は侯爵家以上の高位貴族の出身でなければいけない。

通常であれば、婚約者候補の令嬢たちを集めてお妃選びを開催するのだが、レオナルド様の場合はそれができなかった。レオナルド様に近い年齢で侯爵家以上の令嬢は、私を含め数名しかいなかったからである。

そのため必然的に筆頭公爵家の私が婚約者として選ばれることになった。

また我がコンコード公爵家の先代当主が王弟であり、父である現公爵は陛下の従弟（いとこ）にあたる。そのため、相談役も兼ねて宰相を務めていることも大きかった。

私の七歳のお披露目会で一つ年上のレオナルド様と顔合わせをして、それから王宮にたびたび呼ばれるようになり、十三歳のときに婚約を結んだ。

以来、王子妃としての教育を受けるため毎日王宮に通い、レオナルド様とは週一回の交流を続けてきていた。

王族特有の金髪と碧色(あおいろ)の瞳を持つレオナルド様は、美貌(びぼう)の持ち主である陛下よりは王妃様似で、中背(ちゅうぜい)だが筋肉がついたがっちりとした体つきだ。

来年、レオナルド様が二十歳を迎えて王太子となったら、結婚式も行(おこな)う予定であった。

もし、目の前の光景が幻(まぼろし)ならば、その予定で間違いなかった。

抱きしめ合っているのではないかと思うくらい、二人の距離は近い。

レオナルド様はケルドラード伯爵令嬢の涙をハンカチで拭いて、髪をすくうように持ち上げてくちづけている。

片方の手は見えていないが、どうやら腰に手を回しているようである。

ここに私がいる必要はあるかしらと思い始めたとき、レオナルド様が私に向き直った。

「実はミレーヌにはお願いがあるんだ。僕たちの婚約を解消してもらえないだろうか」

――それが本題か。

その申し出は、そう簡単に受けることはできない。

五年にわたる王子妃教育への努力と宰相である父への影響を考えると、すぐにうなずくわけにはいかないからだ。

私がレオナルド様をお慕(した)いしているかというと、それはないのだけれど。

私は内心でため息をつきながら、口を開く。

「レオナルド様、この婚約は陛下がお決めになったことでございます。陛下と父にはお話ししたのですか？」

「いや、まだだ。優しいミレーヌならば納得してくれるだろう？　ミレーヌがよいなら、父上も宰相も問題にしないと思ってな」

「そんなことを言われましても……」

私が納得したからといって、王命の婚約を簡単に解消してよいのだろうか。

今日のところは一旦帰らせてもらうことにしようか……

お暇の言葉を述べようとしたとき、話を聞いていたケルドラード伯爵令嬢がいきなり泣き出した。

「ううぅ。ぐすっ。やっぱりダメですよね……私なんかがレオナルド様のおそばにいるなんて。だってだって、私ぃ……最近まで平民だったから、何もできないし……ぐすっぐすっ」

レオナルド様のおそばに？

もしかして私と婚約解消するという話だけではなく、代わりにケルドラード伯爵令嬢をそばに置きたいということなのだろうか。

伯爵家の、しかも平民育ちの彼女では、第二妃にもなれないのだが……

「リン、大丈夫だ。この半年の間学園で学んできたのを僕は見ているよ。僕は頑張り屋で優しくて、控えめなリンがいいんだ」

レオナルド様は私のことなんてまったく気にせず、ケルドラード伯爵令嬢をなぐさめている。

なんだろう、この寸劇。やっぱり最初の時点で帰ったほうがよかったかもしれない。

この国では、王侯貴族の令息令嬢は皆十三歳の年に学園に入学し、二十歳まで通うことが決められている。

もちろん私たちも通っていて……レオナルド様は、今年の初めに彼と同じ学年に編入してきたケルドラード伯爵令嬢に出会い、親密になったらしい。

五年も王子妃教育を頑張らせた私には褒め言葉一つかけなかったというのに。

レオナルド様は彼女のことを頑張り屋と言うけれど、それはたった半年間のこと。

それに、私は二人よりも一つ下の学年だから、ケルドラード伯爵令嬢と学園内で直接会ったことはなかったが、社交界での噂は聞こえてきていた。

彼女がマナー知らずで周りは困っている。なのに、一番身分の高いレオナルド様が許してしまうので、他の者が指導するわけにもいかない、という話だった。

そんな彼女のどこを見て頑張っていると思ったのか、聞きたいくらいだ。

淑女たる者動じてはいけない、なんて言うけれど、好きでもない王子のためにこれ以上頑張る気はなくなってしまった。

あまりにも大変な王子妃教育に、私は心底疲れ果てているのだから。

——五年も苦しんだのだから、もうスッキリ幸せになってもいいですよね？

「わかりました。婚約解消していただいてかまいません。陛下とお父様にはレオナルド様からお話ししてください」

今まで私に王子妃教育を施してきた王妃様から、叱られることになるだろう。

お父様に困った顔をされるかもしれない。

それでも、もう婚約者でいることはできない。

最初からぬるかった紅茶をぐいっと飲み干すと、やっぱり苦くてまずかった。

それでも飲まないで出ていくのは、また何か言われそうだったので嫌だった。

空になったティーカップを置いて、退出の礼をしたあと部屋を出る。

後ろから微かに笑った気配がしたが、もう振り返らずにいた。

「明日からは来なくていいんだわ……」

嫌々通っていた王宮だったが、明日からは来なくていいと思うと、どうしてか少し寂しい気もする。

つらい思いばかりしていたのだから、もっと清々してもいいはずなのに……公爵邸や学園にいる時間よりも、王宮にいる時間のほうが長かったせいかもしれない。

本格的に王子妃教育が始まってからはほとんど学園には行けず、ずっと王宮にいさせられたから。

もう用はないしすぐに帰ってもいいのだが、気持ちを落ち着かせてから帰ろうと、中庭に寄ることにした。

王宮の中庭は三つに分かれていて、そのうちの奥まった場所にある中庭は、王族とそれに関わる者しか入ることを許されていない。

王宮に来るのは嫌でも、もうここに入ることができないのは残念だと思うほど私はこの奥の中庭が好きだ。

十三歳で王子妃教育が始まって王宮に通い始めた頃は、終わったあと少しここに寄って涙を乾かしてから家に帰る毎日だった。

最近では王子妃教育が終わっても忙しく、この中庭に寄る時間もなかったのだけど。

先日十八歳の誕生日を迎え、もうすぐ王子妃教育が終わる予定だった。

あともう少し我慢したら終わる、という今の時期になって急に投げ出されたのである。

正直に言えば、もっと早くに解放してほしかった。

けれど、王子妃にならなかったら、私はどうなるのだろう。

なくなった未来に未練は少しもないが、この先を思うと不安にもなった。

陛下とお父様は、私をどうするのだろう。

王子妃教育を受けたとはいえ、他国に秘匿しなければならないようなことまでは教わっていない。国外に出しても問題にはならないだろう。

それに私は王族ではないが、王家の血筋ではある。

そうなると、どこか他国への外交に使われるかもしれない。

でも、それでも、昨日までの私よりもずっとまともな未来に思えた。

そう考えたら、すっと気持ちが楽になった。

思い出のベンチで休憩して、元気よく帰ろう。

衛兵たちが両脇に立っている中庭への入り口を通り抜けて、奥に進む。

両脇に植えられた薔薇(ばら)は早咲きのものが小ぶりな花をつけ、さわやかな香りが広がっている。

歩きながら薔薇(ばら)を眺めていると、目がかすむような気がした。

おかしい。だんだん目の前が見えにくくなっていく。

ようやくたどり着いたベンチにもたれかかるように座る。

一度座ると、もう立ち上がれなかった。どうしてなのか顔が熱い。

顔だけじゃなく、胸も熱くなってきた。

身体全体が熱く、腕を持ち上げることすらできないほど重く感じる。

一体、自分の身体がどうなってしまったのか、わからなかった。

もう、だめ……

そう思って崩(くず)れ落ちた、そのとき。

「ミレーヌ？　……おい！　ミレーヌ！」

誰かが私を呼ぶ声が聞こえた。とても懐かしいような……

意識がなくなりそうな私を、誰かが抱き上げて運んでいる。

どこに連れていこうとしているのだろう。

「ミレーヌ？　これを飲むんだ。……飲めるかい？」

介抱してくれるような優しい手に、どこか安心してしまっている自分がいた。

おそらくどこかの部屋のベッドに寝かされているのはわかった。

目を開けてもぼやけてしまって何も見えない。

だけど、この声は覚えている。もうしばらく聞いていなかったけど、忘れるわけはない。

「ケヴィンにぃさま……？」

「そうだよ、ミレーヌ。今、身体が苦しいだろう？　おそらく媚薬の類を飲まされたんだ。このままではまずい。解毒薬があるから、すぐに飲むんだ。わかるか？」

媚薬？　もしかして、あの変に苦かった紅茶に入っていたの？

だからこんなに身体が熱くて苦しくて、それなのに指一本動かすことができないのか。

ケヴィン兄様の言う通り、解毒薬を飲まなければいけないのはわかっているのに、起き上がれない。

どうしよう。どんどん苦しくなっていくのに、どうしたらいいのかわからない。

瓶のふたを開けるような音が聞こえた。

兄様の大きな手が私の首の後ろに回る。

支えられるように上を向かされたと思ったら、もう片方の手で口をこじ開けられた。

何……？

くちびるをふさがれたと同時に、液体が少しずつ入ってきた。

解毒薬だとわかって、なんとか飲み込む。

重なっているのが兄様のくちびるだと気がついたのは、離れていくときだった。

少し冷たいくちびるが気持ちよくて、離れていくのが寂しいと思った。

「ケヴィンにぃさま、いつ、もどって、き、たの？」

解毒薬が効いてきたのか、声が少しずつ出るようになった。

だけど身体はまだ苦しくて、少しも動けない。

兄様の姿が見えなくて、声を聞くことしかできなくてもどかしい。

「ミレーヌ、戻ってきたのは今日だ。そんなことよりも大事なことを言うよ？　よく聞いて。解毒薬を飲んだからといって、媚薬の効果がすぐにすべて消えるわけではない。このまま何もしなければ、しばらくは苦しいままだろう」

解毒薬を飲んだのに、媚薬の効果が消えない？

こんなに苦しいのに、しばらく続くなんて耐えられそうになかった。

……私の身体はどうなってしまうのだろう。

「このあと、身体は動かせないのに敏感になって、何もしてなくても気持ちよくなる。どういう状況になるか、想像はできるね？　……ここにレオナルドを呼んでくる。結婚前ではあるが、婚約しているし……」

何かをあきらめるようなケヴィン兄様の言葉に、叫び出したかった。

どうして！

こんな状況で一人になるのは嫌。

それに、レオナルド様に任せるなんて……

「やっ……嫌なの！　レオナルド様はダメ……」
「そんなことを言っても、婚約者以外が付き添ってるわけには……」
婚約者……そうだった。さっきまでは。
だから兄様はレオナルド様を呼ぼうとしたのだ。
だけどそれはもう違うことを伝えなければ。
「こんやく、かいしょう、したのです……」
驚いている兄様に少しずつ話す。
レオナルド様が恋人を連れてきたこと。
彼女と一緒にいたいと婚約解消を言い出したので、了承したこと。
そこで紅茶を飲んだこと。
どれ一つとっても兄様には信じられないことだろう。
わかってもらうために説明していると、身体がつらくなってきた。
ただ寝ているだけなのに、肌がシーツに触れているのが恐ろしく気持ちいい。
どうしよう。少しでも動いたらダメ。
わかっているのに、身体が少しずつ震え出す。
兄様の前でこんな恥ずかしい気持ちになるなんて……ダメ。

「……頑張ったねミレーヌ、もう我慢しなくていいよ」

どうにもできない気持ちよさに耐えていると、すぐ近くで兄様の声が聞こえた。

もう我慢しなくていい？　兄様が助けてくれる？

さっきと同じように冷たいくちびるが重なってきて――もうあとは何も考えられなくなった。

第一章

目を開けると、薄暗い部屋の中だった。

さらさらのシーツを肌で感じ、起き上がろうとして、力がうまく入らないことに気がついた。

私、どうしたんだろう……ここは？

視線だけを動かして見回しても、知らない部屋の中だ。

私が戸惑(とまど)っていると、キィと小さな音を立てて人が入ってくる。

侍女かと思ったが、背の高い男の人だった。

ベッドに寝ている状況で男の人が部屋に入ってくるなんて！

逃げなきゃ、と思っても身体が動いてくれない。涙だけが出てくる。

……どうしよう。

入ってきた男の人がベッドサイドのランプをつけると、灯(あか)りに照らされて顔が見えた。

金色の髪……王族の色。でもレオナルド様ではない。陛下でもない。

その男性は長身の身体を折るようにかがんで、私をのぞき込んでくる。

「ミレーヌ、気がついた？　まだ苦しい？」

切れ長の碧色(あおいろ)の目、すっと通った鼻と薄いくちびる……

思い出よりもあごの線が男らしくなっているけど……

ケヴィン兄様だ。

え？　どうして？　いつ帰ってきたの？

……あれ？　この会話したような気がする。

ケヴィン兄様は驚いている私に微笑むと、涙が伝う頬をハンカチで拭いて、頭をなでてくれた。

されるがままに頭をなでられているうちに、少しずつ記憶が戻ってくる。

今日もいつも通り王子妃教育のために王宮に来て、婚約者交流のためにお茶をした。

レオナルド様とその恋人に会って婚約解消して、中庭に行ったら苦しくなって倒れた。

そのあとは……

「んんんんんんんんんん!?」

よみがえった記憶が恥(は)ずかしすぎて、思わず心の中で叫んでしまう。

何してるの！　私！　何されちゃったの！　兄様に!!

媚薬で苦しんでいた時間を思い出していく。

もう恥ずかしくて隠れたいのに、身体は少しも動いてくれない。

「ミレーヌ……」

私の右頬にかかっていたほつれた髪の一房を、ケヴィン兄様がなでるように後ろに戻してくれた。

小さい頃、お昼寝のあとによくそうしてくれていたみたいに。

「ごめんな。謝ることしかできない」

ケヴィン兄様はぐしゃぐしゃになっているだろう私の髪を直しながら、頭をなで続ける。

そして、倒れていた私を見つけたときのことから説明してくれた。

ケヴィン兄様は今日隣国から帰ってきて、陛下に謁見したあと、中庭でぐったりしている私を見つけたらしい。そのときにはもう私の意識は朦朧としていたようだ。

媚薬を飲まされたことに気がついたケヴィン兄様は、この部屋に私を連れてきた。

ケヴィン兄様が持っていた解毒薬を飲ませたけど、その薬は媚薬を飲んですぐじゃないと完全に解毒できない。媚薬の効果が強く、私は苦しみ続けたそうだ。

そんな私をそのままにできなかったというケヴィン兄様は、申し訳なさそうにしている。

「身体の中から薬を抜くために気持ちよくさせたけど、さすがに最後まではしてないから。安心していいよ」

兄様の言っていることは理解できる。

けれど、どうして再会がこんな状況になってしまっているの？

私たちが最後に会ったのは五年前、兄様が二十歳のときだった。

兄様はそのときより身長が伸びて、短かった髪は後ろだけ伸ばして一つに束ねている。

中性的だった顔が男らしくなって、肩も胸も筋肉がついたように見える……

記憶の中でその腕に抱きしめられたことを思い出して、また顔が熱くなった。

「――で、ミレーヌ。もうあきらめて、俺と結婚してくれる？」

「へ？」

……って、間抜けなことを言ってしまった！　今のはなかったことにしてください！

内心で慌て（あわ）ながら、ふと我に返る。

というか、今何を言ったの？　結婚？　兄様と結婚？

「本当ですか？　……兄様。兄様と結婚してもいいのですか？」

思わぬ言葉に、気付けば私はそう返していた。

ケヴィン兄様は、兄様と呼んでいるが本当の兄ではない。

兄様の名は、ケヴィン・ルールニー。

そう、ルールニー王国の王族で、王弟殿下だ。

そして、幼い頃からずっと私の身近にいた存在。

王族である兄様が私と家族のように過ごしていたのは、彼の境遇のせいである。

現国王陛下は当時の王妃から生まれた第一王子だったが、ケヴィン兄様は第二妃、隣国の侯爵令嬢から生まれた第二王子だった。

そもそも第二妃が必要になったのは、王妃が陛下を産んだあとに次の子ができなかったからだ。

だが第二妃を娶るまで揉めて、その後もいろいろあったことで、ようやく兄様が生まれたのは、陛下が十三歳になった頃だった。

だが、第二妃は慣れない国での出産が悪かったのか、ケヴィン兄様を産んだあとは寝たきりになり、半年も経たずに亡くなられてしまった。

王妃が代わりに兄様も育てられたらよかったのだが、王妃の精神状態も芳しくなかったため、そんな心の余裕はなかった。

そこで、兄様を育てるために選ばれたのが、コンコード公爵家だった。

その理由は、当時のコンコード公爵――私のお祖父様が先王の王弟であったため、信頼を置けたということだけではない。

お祖母様が隣国出身であり、魔力があることが最も重要視されたからだった。

隣国であるレガール国の王族は、強い魔力を持って生まれてくる。そのため、魔術を使って国を発展させてきた。

対して、ルールニー王国の王族はもともと魔力を持たないので、魔力がなくても生活できるような国づくりをしてきている。

第二妃に似たケヴィン兄様は魔力が特に多いが、ルールニー王国の者は魔力の扱いが不得手だ。

魔術で人を傷つけないように魔力をコントロールするには、しっかりと使い方を学ぶ必要がある。

そういうわけで兄様が魔力を暴走させないためにも、同じように魔力を持つ妻と子どもがいる公爵家で預かることになったのである。

私が生まれた頃には、ケヴィン兄様は魔力が安定していたので王宮に生活を移していたが、お父様とは兄弟のような関係なので、よく遊びに来てくれていた。

一人娘の私には遊んでくれる兄弟はいない。お父様は仕事が忙しく、お母様は部屋にこもってばかり。そばにいてくれたのは兄様だけだった。

だから、私は自然とケヴィン兄様と結婚するのだと思っていた。

だが、私が七歳になってレオナルド様と顔合わせをした頃には、兄様の立場がわかるようになっていた。

筆頭公爵家で宰相の娘である私と結婚するということは、兄様の権力が強くなりすぎてしまう。そうなると、陛下を追い落とそうとする派閥に担ぎ上げられる危険があった。

――小さい頃から大好きなケヴィン兄様とは、結婚できない。

それならば相手は誰でもよかった。

だから、十三歳の頃にレオナルド様との婚約話が王命できたときも、どうでもよかった。

そんな気持ちで婚約したあと、兄様が魔術の修業をするために隣国に行ったと聞かされた。

もちろん兄様がいなくなったことには落ち込んだのだが、他の人と結婚する兄様を見なくて済むとほっとしたのも事実だった。

私は別の人と結婚するし、兄様も隣国で幸せな出会いがあるだろう。

それでいいのだと思っていたのに。

目の前にいるケヴィン兄様に、私はプロポーズされた……？

「本当に、兄様と結婚してもいいのですか？」

信じられなかった。

あれだけ望んでも叶わないと思っていたのに、本当に兄様と結婚していいんだろうか？

喜んだあと、やっぱりダメだと言われたら立ち直れない気がする。

だから、ちゃんと本当だって言ってほしかった。

けれど、私たちの立場は変わっていないこともわかっている。

兄様はすべてにおいて完璧で、レオナルド様と比べ物にならないくらい優秀だった。

次の王太子はレオナルド様と決まっているのに、ケヴィン兄様を推す声はいまだなくなっていない。五年もの間隣国に行っていたのにだ。

兄様がまたこの国に戻って生活するようになったら、王位についてほしいと望む声が出るだろう。

まして私が妻になれば、間違いなくレオナルド様が困る状況になってしまう。

まぁ、私との婚約解消を望んだのはレオナルド様なのだけど。

混乱しながらケヴィン兄様を見つめると、まっすぐな目で見つめ返してくれる。

「ミレーヌが寝ているうちに、兄上と宰相に話をしてきた。レオナルドが婚約解消を申し出たこと、薬のこと……俺がミレーヌにしたことも」

そう言われた瞬間、兄様としたことを思い出して顔が熱くなった。

陛下とお父様に話したって……したことを報告したってこと？

もう恥ずかしくてどうしたらいいかわからなくなる。

シーツの中に潜り込んで隠れてしまいたいのに、固まった身体は動いてくれない。

「まだ兄上からも宰相からも、結婚の承諾は得られていないのだけど……絶対に認めさせる。勝手なことをしてごめん、ミレーヌ。何度でも謝る。一生かけて謝るから、そばにいてくれる？」

動揺する私に、兄様は慌てたように言う。

謝るって……兄様は私を助けてくれたのに。

あのとき苦しいままだったら、どうにかなってしまいそうだった。

だから謝らないでほしいと言いたいのに、『一生かけて』という言葉にうれしさが勝ってしまって、うなずくことしかできない。

兄様はそんな私を見て、とてもうれしそうに微笑んだ。

「ありがとう。一生大事にする。明日、一緒に謁見室へ行って兄上と宰相と話そう」

くるまっている掛け布ごと抱きしめられて、額にくちづけられる。

ふわっと兄様の香りがして、これは夢ではないのだと実感できた。

どうしよう、うれしい。これからは兄様が一緒にいてくれる。

五年前みたいに、あんな風にあきらめて離れなくていいんだ。

ふわふわした心地でいると、兄様はふと眉をひそめて問いかけてくる。

「……ミレーヌ。何か困っていることはない？　身体も痩せすぎだ。きちんと食べてる？」

「いえ……王子妃教育が、少し大変だっただけです。それで、最近食欲もなくて。でも、そんな日々ももう終わりましたから」

レオナルド様の婚約者であった私がケヴィン兄様と結婚する。それはそう簡単なことではないことは、理解しているつもりだ。

けれど、今は喜びに浸っていたい。

私は考え込んでいる様子の兄様の腕に包まれながら、再び目を閉じた。


媚薬の影響がすべて抜けて、身体が動くようになったのは次の日の昼前だった。

ベッドから起き上がったらシャツ一枚しか着ていなくて、またシーツの中に潜り込みそうになる。

このシャツ……兄様のだわ。私のドレスや下着を脱がせたあと、着せてくれたんだ。

昨日のことを思い出すとまだ恥ずかしくて、顔が熱くなる。

しばらくぼんやりしていると、ケヴィン兄様に頼まれたのか、使用人が一人やってきて湯浴みをすすめてくれた。

使用人の手伝いを断り身体を清めたあと、お父様が届けてくれたらしいドレスに着替える。部屋を出ると、同じように着替えた兄様が待っていてくれた。

「さて、挨拶に行こうか」

私はケヴィン兄様の言葉にくちびるを引き結び、静かにうなずく。

本当なら誰とも顔を合わせたくない。正直、今の状況にまだ頭がついていっていないから。

だけど、陛下とお父様に会って、兄様と結婚できることが本当だって確認したかった。

差し出された手をとって、兄様にエスコートされて王宮の謁見室へと向かう。

私がいた部屋は離宮の一つ、通称王弟宮の一室だったようだ。

「ちょっといろいろあるから、中庭を通って行くよ」

兄様はそう言って私の手を引いて歩いていく。

いろいろってなんだろうと思ったけど、五年もいなかった王弟殿下が帰ってきたら、それは大騒ぎになってもおかしくないと気付いた。

王弟宮と王宮とは中庭を隔てて隣接していて、二つをつなぐ通路はあるが、中庭を囲むように作られているため、少しだけ遠回りすることになる。

通路を通れば登城している貴族に見られるかもしれないが、王族に関わる者しか入れない中庭を通って行けばその可能性はない。騒がれたくないのだろう。

兄様の隣に並びながら、ふと疑問が頭を過って私は口を開いた。

「ねぇ、兄様。突然帰ってきたのには理由があるの？」

「その理由も兄上と宰相と一緒に聞かせるから、少し待って」

陛下とお父様に関係することなのか。私はそれ以上聞くのをやめた。

中庭には人の気配はないけれど、衛兵たちが見回りに来ることはありえる。

誰が聞いているかわからない状況では話せないことなのかもしれない。

謁見室に入ると、陛下とお父様がすでに待っていた。

というより……お父様が座り込んで号泣し、隣で陛下がなぐさめていた。

どういう状況なのかまったくわからず、私はぽかんとしたまま二人を見つめる。

陛下とお父様は二人とも長身で、肩幅が広い割にほっそりしている。そして、はっきりした二重の碧眼と厚いくちびる。どこを見ても外見はそっくりだ。二人は従兄弟だけれどまるで兄弟のように見える。

性格はというと、のんびりした陛下とは違い、お父様は冷静沈着……だと思っていたのだが。今の様子からするとそうでもないらしい。

驚きすぎて言葉を失っている私をよそに、兄様は平然と二人に話しかけた。

「兄上、宰相。昨日話した通り、ミレーヌと一晩過ごしました。身ごもるようなことはしておりませんが、ミレーヌに触れたのは事実です。責任をとらせてください。結婚を認めてもらっていいですよね？」

「うあぁああああぁ。うちの可愛い娘に……なんてことを……でも、ミレーヌを見つけたのがケヴィンでなかったら、大変なことになってたのは事実だ……」

お父様は話しながら大号泣している。こんなに泣く人だとは思ってなかった。怒るかもしれないとは思ってたが。

でも、兄様に怒るのは違うわよね？　助けてくれたんだし。

そう思っていると、気遣わしげに陛下が私に視線を向ける。

「ミレーヌ、大丈夫か？　レオナルドがすまないことをした。あの小娘には気をつけろと注意はしておったのに……」

力なく座り込んでいるお父様と、疲れきった顔の陛下。

レオナルド様への怒りはあったが、二人に伝える必要はないと思えた。

それにしても陛下が『あの小娘』と言うということは、レオナルド様の学園での行動は報告されていたのか。

知っていて彼らの暴走を止められなかったことを申し訳なく思っているのかもしれないが、責任があるのは私も同じだ。

「いいえ、陛下。婚約者としての務めを全うできずに申し訳ございません。レオナルド様のことは、婚約者というより、兄妹のように感じておりました。おそらく、レオナルド様も私のことをそのように思われていたのかと。王子妃教育を途中で投げ出す形になってしまい、心苦しいです。こうなってしまいましたが、レオナルド様の幸せを願っております」

ふと兄様を見ると、笑顔が消え眉間にしわを寄せている。

何か間違ったことを言ってしまっただろうか。

「……兄上。王子妃教育はそんなにも大変なものなのか？　ミレーヌはどうしてこんなに疲れきってやつれてしまっているんだ？」

「いや、そんなことはないぞ。王子妃教育といっても、ミレーヌはほとんどのことを身につけていると聞いた。王妃に任せていたが、報告は受けている。とても優秀で教えることがないから、お茶ばかりしていると」

兄様と陛下のやりとりに、唖然とする。

私が優秀？　だからお茶ばかりしている？　そんな報告を王妃様が……なぜ？

無意識に表情に出てしまったのだろう。陛下とお父様が怪訝な顔をした。

そんな二人に、兄様は険しい表情を向けた。

「兄上、その優秀だというミレーヌの両腕に、いくつもあざがあるのはなぜだ？　あれは扇子で叩かれた痕だろう。俺にも覚えがある」

血の気がひくのがわかった。どうして知っているの!?

真っ白になっていく頭の片隅で考える。

そうだった……裸を見られたんだもの。気がつかないわけがない……

兄様の言う通り、私の両腕にはひどいあざが残っている。一度や二度でつけられたようなものではない。

ここ数年で何度も繰り返しつけられたひどいあざ。

ドレスを着ていれば見えないところだから、誰にも気がつかれていなかった。

「「なんだと!!」」

陛下とお父様が口をそろえて驚いている。

今までずっと隠していたことを知られてしまった。

ふらりとよろけると、隣にいた兄様が背中に手を添えてくれる。

兄様はそのまま私の身体を支えながら、優しいまなざしで問う。

「ミレーヌ、隠していたんだろう？　でもね、お前がどう苦しんでいたのか、説明してくれないか？　そうじゃないと、お前と同じ苦しみを違う誰かが味わうことになるかもしれない」

ハッとした。そうだ。

私が婚約者でなくなったからには、違う誰かがレオナルド様の婚約者になる。

ケルドラード伯爵令嬢の家柄では王子妃にはなれないから、新しく選ばれる令嬢が王子妃教育を受けることになる。……同じようにあの苦しみを味わうことになるのだろうか。

もしかしたら、私以上の仕打ちを受けるかもしれない。

ここで口を閉じてはいけない。陛下に言わなければいけないのだ。

私は呼吸を整え、姿勢を正して陛下に向き直した。

「陛下。これからお伝えすることは真実のみです。不敬に思われることもあるでしょう。ですが、次のレオナルド様の婚約者には、同じ教育を課すのはやめてほしいのです」

陛下が静かにうなずいたのを見て、私は再び口を開く。

「……私が十三歳の頃、王子妃教育が始まった直後のことです。そのとき教わっていた知識教育の講師たちからは、もう何も学ぶことはないと言われました。ですが、王妃様のご推薦だというマナー講師のサーシャ夫人からは、何一つできていないという評価を受けました。毎日王宮に通いマナー講習を受けましたが、夫人はその都度言うことが変わり、そもそも教わった礼法はめちゃくちゃでした。間違っていると指摘したところ、『これが王宮でのマナーだ』と言われ、素直に学べない私が間違っていると扇子で叩かれるようになりました」

兄様は険しい顔で、お父様と陛下は信じられないというように、私を見つめている。

「『あなたにあるのは知識だけで中身がない』『学園で成績優秀者として表彰されるなんて、レオナルド様に気を遣えないのか』『他に令嬢がいないから婚約者になっただけなのに、いい気になるな』『目立つようなドレスを着て、周りを誘惑している』……様々な理由で叩かれ続けました」

吐き出すように話し始めると、止まらなかった。

あぁ、我慢していたんだ、私。思っていた以上につらかったんだ。

何度も何度も叩かれ、もう心が麻痺していた。

それでもつらかったことは忘れていない。

「最初のお茶会で王妃様に、『みっともないほど太っているから食事を制限するように』と言われ、それからはあまり食べないようにしていました。王妃様とサーシャ夫人は、『婚約者候補があなたしかいないなんて、王子が可哀想だ』とお会いするたびに嘆かれていました」

ここまできて、半ば呆然としていた陛下が口をはさんだ。

「サーシャ夫人は、王妃のお気に入りの男爵夫人だ。王宮のマナーなど知らないだろう……それなのに、そんなことをミレーヌにしていただなんて……」

おそらく高位貴族ではないと思っていたが、どうりでどの夜会でも見たことがないはずだ。

ということは、私が五年間も受けていた王子妃教育は、意味がなかったということだ。

ただ私を苦しめたいだけの、中身のまったくない授業だったのだ。

そんなに私は王妃様に嫌われて、憎まれていたのだろうか。

「王子妃は、いずれ王妃になる責任の重い立場です。苦しくてもやり遂げるつもりでいました。しかし、何も得られないのに努力せねばならず、それがつらかったのです。だから、レオナルド様からの婚約解消の申し出を勝手に受けてしまいました……申し訳ございません」

そう言い終えた途端、ハンカチで頬をなでられた。いつから泣いていたのだろう。

身体を支えるだけだった腕が肩に回されて、しっかりと兄様の腕の中に抱き寄せられた。

「兄上、ミレーヌを解放して、俺と結婚させてくれ。俺とのことがなかったら、レオナルドともう一度婚約させるつもりだったんだろうが、こんなにもミレーヌを追い詰めていたことがわかっただろう？」

怒りからか兄様が荒い口調で言うと、今まで黙っていたお父様がゆっくりと口を開く。

「私からもお願いします、陛下。娘を返してください。王命を受けて、この国を守るために婚約者として差し出しました。王子妃候補にふさわしいのは娘しかいないとわかっていたからです。ですが、父親として、これ以上娘を苦しめないでほしいのです」

「お父様……」

こんなに悲しそうなお父様の顔を見たことがなかった。

普段は宰相らしく喜怒哀楽を見せないお父様の、本当の姿を見た気がする。

陛下はしばらく視線をさまよわせたあと、小さくため息をついた。

「わかった。認めよう。宰相もケヴィンならいいんだな？　だが、結婚の前にとりあえず婚約だろう。身ごもるようなことをしていないのなら、今はそれでいいだろう？」

確かにそれはそうだと思う。

王子との婚約を解消してすぐ結婚したのでは、周りから批判されるに違いない。何か問題が起きましたと言っているようなものだ。

どうして兄様は結婚を急ぐのだろう。

私がそう思っていると、兄様はやや言いにくそうに話し始める。

「そのことなんだが、別の問題があって……」

「なんだ!?」

陛下は動揺したように身を乗り出す。一方、お父様の表情は変わらない。もしかすると、すでに知っているのかもしれない。

「実はレガール国の第一王女から何度も求婚されているんだ。三年前から王配になってほしいと非公式で打診されていたが、将来国に帰って兄上のために働くからと断っていた。それでも王女はあきらめないのか、たびたび俺が所属している魔術研究所に押しかけてきた」

隣国の王女様が兄様を王配にしたい？

確かに兄様は五年も隣国にいたのだから、会う機会があってもおかしくはない。

この国でも兄様にあこがれている令嬢は多かった。王女様が兄様を見初めても不思議はない。

胸の中にモヤモヤを抱えながら、私は兄様の話の続きに耳を傾ける。

「それで先日、研究所に出入りする貴族から王女が十八歳の誕生日を祝う夜会で婚約発表するという噂を聞いた。夜会は半年後で、相手は俺だという話だった。もちろん俺は承知した覚えはない。王女自身が根回ししているようだ。貴族内で広まった噂を否定するのは難しく、このままだと確定されかねないので帰国したというわけだ」

……これが、兄様が帰国した理由。あまりにも予想外のことで、絶句してしまう。

「さすがに他国の王族との婚約を一方的に発表することはないと思うが、正式な打診はされると思う。婚約しているという理由で断ればいいが、あちらも王族だ。外交を盾にとられると強く出られないから、万が一のことを考えてもうミレーヌと結婚したいんだ。表向きは婚約でいいが、婚姻証明書は作成しておきたい。俺の不在に気付いた王女がいつ動くかはわからないから、早いうちに。できれば今日中がいい」

そこまで言うと、ケヴィン兄様は口元を緩ませる。

「とりあえず、どう断るか兄上に相談しようと思って帰国したんだが……ミレーヌとこうなることは想像していなかったからな。こんな幸せな理由で断れるとは」

……ケヴィン兄様、うれしそうに言ってるけど、婚姻証明書ってそんな簡単に作れるもの？

　昨日五年ぶりに再会したばかりなのに、いいのだろうか。

「いや、しかし……さすがにレオナルドとの婚約を解消した次の日にケヴィンと結婚するとなると、王家の体裁が悪すぎる」

　渋い顔で言う陛下に、何か考えていたらしいお父様が口を開いた。

「陛下、レオナルド様とミレーヌの婚約解消の件ですが、コンコード公爵家の存続のためということにするのはどうでしょうか。他に候補者がいなかったのでミレーヌを婚約者にしたが、やはり公爵家の一人娘を王子妃にするのは直系の血筋が絶えてしまうから困る。二人の婚約は解消し、王子の婚約者は選び直すことに。ケヴィンはミレーヌと結婚し公爵家を継ぐため帰国するよう命じられた、ということで」

「それはいいな！」

　表情を明るくして首を縦に振る陛下に、お父様は微笑みかける。

「もともと、できれば公爵家はケヴィンに継いでもらいたいと思っていました。レオナルド様が結婚し子どもが生まれたら、コンコード公爵と宰相をケヴィンに継いでもらうのがよいかと。反乱の種を蒔かないために、ケヴィンには王位継承権を放棄してもらうことになるが……それでいいかな？　ケヴィン」

「ああ。それでかまわない」

ケヴィン兄様がお父様にうなずく。話はあっという間にまとまり、レオナルド様との婚約解消とケヴィン兄様との婚姻は王命という形になった。

最初は渋っていた陛下があっさり認めたのは、隣国とあまり揉めたくないということもあるのだろう。

謁見室(えっけんしつ)の横にあるお父様の執務室に移動してすぐさま婚姻証明書を作成し、陛下とお父様、ケヴィン兄様と私が署名した。

……結婚した、のよね？

今まで悩んでいたのが嘘だったのかと思うくらい、あっけなかった。

私の頭はまだついていけないけれど、お父様たちはその場で今後のことについて話し合い始めた。

私と兄様は実際には今日結婚したが、表向きには一か月後の夜会で婚約発表をして、その一年後に結婚式を挙げることになった。婚約期間なしの結婚だと、変な噂(うわさ)を立てられかねないからだ。

つまり、予定通り私は来年結婚式を挙げることになる。

レオナルド様とする予定だった結婚式を、そのまま兄様とに変更するというわけだ。

レオナルド様の結婚については、これから婚約者を選び直さなければならないので、まだまだ先の話になる。

王族の結婚式ともなれば、他国の王族や国内の貴族たちを招待するので、そちらの都合もある。そのため一から結婚式の予定を計画し直すのは大変なんだそうだ。

それなら王弟のケヴィン兄様の結婚式をあててしまえばいいということらしい。

だいたい今後の予定がまとまってきたところで、兄様がもう一つ話があると言い出した。

「お願いなんだけど。王弟宮じゃなくて、今日から公爵家で生活させてほしい」

陛下とお父様がまた顔を見合わせて不思議そうにしている。

兄様は隣国に行く前は、王弟宮で暮らしていた。そこではなく、公爵家に生活を移す理由はなんだろう。

「今日からミレーヌと住むのはさすがにまずいだろう？」

「そうだぞ、せめて婚約発表するまで待ちなさい」

陛下とお父様から、口々に反対の声があがる。私も、さすがにそれはダメなんじゃないかと思う。

私だって、今日から一緒にいられるならうれしいけれど……

でも、表向きには婚姻前の関係だ。よっぽどの理由がなければ許可されないだろう。

難色を示す私たちを見て、ケヴィン兄様は首を横に振った。

「実は、王宮や王弟宮にいると王妃に狙われるんだ……」

どういうことだと私が首をかしげていると、兄様は困った顔で話し始める。

「俺は公爵家にばかりいてあまり王宮にいなかったから、王妃と初めて会ったのは夜会デビューのときだった。それから、何かにつけて呼び出されるようになったんだが……兄上の妻と噂を立てられたら困るし、そもそも面倒だから全部断ってたんだ。そうしたら成人後は寝所に来るように何度も誘われて。『私と一緒になってあなたが国王になればいい』とまで言われて……何を考えているのかわからず、気味が悪かった。隣国に行くまで、俺はずっと王妃から逃げていたんだ」

陛下もお父様も、もちろん私も声が出なかった。

王妃様が十三歳も年下の兄様にそんなことをしていたなんて！

美しい者が大好きな王妃様が、綺麗な侍従を重用しているという噂は知っていた。

陛下もそれは知っていて、放っているとは聞いていたけれど……まさか兄様にまで。

「俺が帰ってきたことを知れば、また何かしてくるかもしれない。なんていうか……執着されていたっていうか、かなりしつこくて、簡単にあきらめてくれそうな感じじゃなかったから。もしかすると俺たちの婚姻を知ったら、ミレーヌに何かするかもしれない。心配だからできる限り一緒にいて守りたいんだ。宰相、もちろん結婚式まで別室でいいし、身ごもらせるようなことはしない。公爵邸で一緒にいちゃダメか？」

真剣なまなざしを向ける兄様に、陛下も低く唸る。

「宰相、すまん。王妃のことはわしの責任だろう、好きなようにさせすぎた。万が一のことがあっても困る。ケヴィンを預かってくれないか？」

大きな大きなため息をついた陛下に、長い長いため息をついてお父様が了承した。無事に結婚式を迎えるまで、なんだか長い道のりになりそう。

それでも、兄様と一緒に公爵邸で暮らせることになり、私はうれしさを隠せなかった。

話し合いはそれで終わったが、陛下とお父様はまだすることがあると、部屋を出ていった。レオナルド様のことも話し合わなければならないらしい。

ケヴィン兄様が「王妃に見つかる前に王宮を出たほうがいい」と言うので、まだ夕方前だけど私たちは公爵邸に帰ることになった。

馬車の準備を待っていると、兄様がふと話しかけてくる。

「ミレーヌ、王宮への行き帰りはどうしてたんだ？　公爵家の馬車？」

「いいえ、王宮から迎えが来ておりました。護衛も兼ねていたみたいです」

私の答えに、兄様は眉をひそめた。

「……ねぇ、気になってたんだけど、侍女はどうしたの？　王宮内であっても一人で歩いてたなんて、ありえないよ」

そうよね……普通、令嬢が侍女もつけずにいるのはありえない。

公爵家の令嬢なら最低でも侍女二人と、他に何人かの護衛をつけているだろう。

「最初は公爵家から侍女を二人連れてきていましたが、サーシャ夫人に『王妃様の命で王宮の侍女をつけることになったから、公爵家からは連れてこないように』と言われまして。しばらくは王宮の侍女がついていたんですが、必要ないだろうとはずされました。そのうち王宮で生活するのだから、一人で歩けるようになりなさいと。おかしいとは思いましたが、王妃様に言っても無駄なのであきらめてました」

「……」

言い訳するような説明を聞いて、兄様が黙ってしまった。

それも無理はない。けれど、何を言ってもサーシャ夫人に叩かれるし、結婚式の一年前からは王宮で生活する予定だったから、言えばもっとひどくなるかもしれないと思っていた。

レオナルド様の婚約者という立場から解放されて本当によかった。

話が終わると待っていた王宮の馬車が用意され、兄様の手を借りて乗り込んだ。

侍女がついていない馬車内で異性と二人になるのは本当はダメだけど、もう兄様とは結婚している。

それでも公（おおやけ）にはしていないことなので、他の貴族には見つからないように、こっそりと移動した。

周りの景色が王宮内から街中に変わった頃、向かい側にいた兄様が私の隣に座り直した。すぐ腰に手を回して、馬車と一緒に揺れてしまう私の身体を支えてくれる。

「ねぇ、ミレーヌ。落ち着いて聞いてほしいんだ。昨日の媚薬（びやく）のことだけど、飲ませた犯人は、ミレーヌが馬車にいるときに効果が出るのを狙ったんじゃないかな」

ひゅっと、喉（のど）の奥が苦しくなる感じがした。急に締めつけられるような。

「馬車での行き来には護衛しかついていなかったんだろう？　もし途中で苦しくなって助けを求めたら……公爵邸にたどり着いたときに効果が出たままだったら……純潔を疑われていただろう。護衛が買収されていたら、本当に純潔を失っていたかもしれない」

兄様の言う通りケルドラード伯爵令嬢がそう画策していたとしてもおかしくない。

私が純潔を失っていれば、確実にレオナルド様との婚約は破綻（はたん）するのだから。

息がうまく吸えない。昨日のあの状態で護衛と一緒にいたら……

兄様以外の人に触れられることになっていたのだとしたら……

　頭から腰までゾクッと何かが走って、手足が震え出した。

「ミレーヌ、落ち着いて！　息をまず吐いて！」

　ぐっと身体を持ち上げられ、そのまま兄様のひざの上に乗せられる。

　強く抱きしめられたまま、頭や肩、腕をなでられて、少しずつ息ができるようになった。

「怖がらせてごめんな。でも、どれほど危なかったのかを知っていてほしい。また次に同じようなことが起きたときに対処できるように、ミレーヌも心構えをしていてほしいんだ。できる限り一緒にいて守ってあげたいし、守るつもりだよ。でも、守られる側が危険性を知っていないと困るんだ」

　兄様が言っていることはわかる。

　安全に守られたいなら、その危険性を理解していなければいけない。

　一人で抵抗する力を持っていなくても、危険を回避するために努力することはできる。

　うなずくと、兄様は少し安心したようだった。

「それとミレーヌ。今日は髪を下ろしてるけど、昨日はどうしてまとめていたの？」

　確かに、今日は湯浴みして着替えてからは髪を下ろしたままだけど、昨日王宮に行ったときは一つにまとめていた。

それは、女官がよくする髪形だ。

この国の女性は既婚者なら髪をまとめ上げているのが普通だけど、未婚の令嬢は下ろすかハーフアップにしている。私がまとめているのはめずらしいことだった。

だから兄様が気になるのも無理はない。

「サーシャ夫人から、『華美にならないように髪はまとめておけ』と言われていました。もう王子妃になるのが決まっているのだから、未婚女性と同じように考えてはいけない。地味な色で肌をすべて隠すドレスを着て、髪はひとまとめにして留め、化粧はおしろいだけにするようにと」

地味な装い、地味な髪形、地味に見えるような化粧。

思い返すと、それではレオナルド様に好かれないのも当たり前だった。

そんなことをわかろうともしないくらい、私もレオナルド様を見ていなかったのだと思う。

「だからか……本当に王妃たちはろくなことをしないな……」

兄様は大きくため息をついたあと、私の髪をなでるように指ですいた。

「もうミレーヌは好きなようにしていいんだ。明日は新しいドレスを作らせよう。アクセサリーも見に行こう。新しい化粧品もいっぱい取り寄せようね」

うれしい。これからはケヴィン兄様の横に並んでもおかしくないように、少しでも綺麗になりたい。

七歳も年の差があるし、どうしても子どもに見られてしまうかもしれないけど……できる限り近づけるように頑張りたい。兄様に綺麗だって言ってほしい。

私がそう決意して見上げると、兄様はうなずいて微笑んでくれた。

公爵邸に到着すると、執事のジャンと侍女長のレナが馬車の扉を開けてくれた。二人は私をひざに乗せているケヴィン兄様を見て驚く。

「「ケヴィン様!?」」

「ああ、久しぶりだな。ジャンにレナ。元気そうでよかった。今日からまたここでお世話になるから」

「ほ、本当ですか！　奥様に知らせてきます！」

「ケヴィン様、お嬢様、とりあえずお疲れでしょう。お部屋にお茶をお持ちしますから、中に入りましょう？」

喜んでお母様に知らせに行くレナと、うれしそうに部屋に案内するジャン。

ケヴィン兄様がこの公爵家に住んでいたときに一番世話をしていたのはこの二人だぞ

うだ。

特にレナは王宮で第二妃付きの女官を務めていて、兄様が公爵家に来るときに一緒についてきたらしい。

伯爵家の二女だと聞いているが、公爵家に来てからも侍女として兄様のお世話をしていた。ずっと公爵家に勤めているジャンと二人で、兄様の夜泣きに苦労したと聞いている。

子どもは魔力の制御ができないから、感情が高ぶると魔術を暴走させてしまうことがあるそうで、魔力の強い兄様を落ち着かせるのは、それは大変だったのだとか。

そんなわけで二人は兄様の育ての親みたいなもので、五年前に兄様が隣国へと行ってしまったときは悲しんでいた。それが急に帰ってきてまた公爵家に住むとなれば、うれしくて仕方ないのだろう。

忙（せわ）しないレナとジャンに苦笑いしつつ、私と兄様も屋敷に入る。

少し居間で休んでいると、お母様がやってきた。

部屋に入ってきたお母様は兄様を見て、いつものようにおっとりと口を開いた。

「あらあら。お久しぶりね、ケヴィン。おかえり、ミレーヌ」

「お久しぶりです。マリーナ様」

きっちりと礼をする兄様に、お母様は優しく微笑んだ。

柔らかな金色の髪をゆったりとまとめているお母様は、気品があふれている。淑女とはお母様のような人を言うのだろうと思う。

質素だけど着心地のよさそうなドレスを身につけているのは、おそらく今日も自分の部屋で休んでいたからだ。お母様は身体が丈夫ではないから、屋敷から外に出ることはない。家の中にいたとしても部屋にこもっていることが多く、顔を合わせることはあまりなかった。

そんなお母様がすぐに来るとは思っていなかった。

私は少し心配になりながら、お母様に挨拶をする。

「ただいま帰りました、お母様。お加減は大丈夫ですか？」

「ええ。ケヴィンが帰ってきたって、レナがすごい勢いで呼びに来たのよ？　それで、今日からケヴィンがここに住むと聞いたのだけど、何かあったのかしら」

お母様の問いに、兄様は表情を引きしめた。

「マリーナ様。俺とミレーヌは結婚しました。宰相にはもちろん了承を得ています。これから公爵家にお世話になります」

「結婚？」

「はい。事情は今からお話しします」

突然のことで動揺を隠しきれないお母様に、兄様と私は昨日から今日にかけて起きた出来事を話した。

レオナルド様と私の婚約解消や、媚薬で苦しむ私をケヴィン兄様が助けてくれたことも。

話が私の王子妃教育のことになると、さすがにお母様は耐えきれなくなってしまった。顔色を真っ青にして震えが止まらなくなってしまったお母様に、これ以上話すのは難しいだろうと、続きは後日話すことになった。

「ごめんなさい……私、知らなくて」

目を伏せるお母様に、私は首を横に振る。

「いいんです。私が黙っていたのが悪いんです。お母様は何も悪くないの。ね、もう休んだほうがいいわ。レナ、お母様を部屋に連れていってくれる？」

「はい。マリーナ様、おつかまりください」

部屋の隅に控えていたレナは、慣れたようにお母様の手助けをする。お母様はレナの腕につかまりながら、ケヴィン兄様を見た。

「ケヴィン、ミレーヌを助けてくれてありがとう。あなたならミレーヌを任せられるわ」

「はい。安心してお任せください」

ケヴィン兄様にそう言われると、お母様は安心した顔になって部屋から出ていった。

私はソファに座ったまま、ひざの上で拳を握りしめる。

あんなに真っ青になるほど、お母様を心配させてしまった。

もっと早くに相談しておけばよかったのかもしれない。だけど、私には相談するという選択肢すら思いつかなかった。

そんな私に、ジャンがそっと歩み寄ってくる。

「ミレーヌ様……私は何もできず、申し訳ありませんでした」

「ジャンのせいじゃないわ。私が耐えられたのは、ジャンやレナがいてくれたからよ。そうじゃなかったら、もうとっくに倒れていたわ」

「ケヴィン様。ミレーヌ様はこうおっしゃっていますが、かなりつらい思いでお過ごしになっていたことには変わりません。今度こそ、お二人でお幸せになってください。本当によろしくお願いいたします……っ」

お母様の部屋から戻ってきたレナはこらえきれなかったようで、ハンカチを出して涙を拭いながらそう言う。

兄様は、眉尻を下げて私を見つめた。

「一人にさせてごめんな。俺がそばにいたら、もっと早くに気がついてやれたのに」

「兄様……」

「これからはずっと一緒だ」

「うん」

いつの間にか部屋には私と兄様しかいなくて、自然に抱き寄せられていた。

見慣れた公爵邸の部屋に、五年ぶりに兄様がいる。

これからはいつでもそばにいてくれる。

うれしすぎて、まだ実感が湧かない。

だから離れないように、兄様の胸に抱きついた。

それから一週間が過ぎて、私は兄様と落ち着いた時間を過ごしていた。

王子妃教育もなく、自分のためだけに時間が使える。

離れていた時間を取り戻すように、兄様に甘えていた。

お父様は何かと仕事があるようで、あれから帰ってきていない。

こちらから王宮に行くことはしない。

私とレオナルド様が婚約解消したことを王妃様はどう思っているのか、兄様との婚約のことは知っているのか気になったけれど、関わってもいいことはなさそうだった。

中庭が見える部屋のソファで兄様のひざの上に座り、お菓子を食べさせてもらう。テーブルにはサンドイッチ、クッキー、チョコレート、ゼリーなど、いろいろなお菓子が並べてあった。

ここ一週間、私は毎日午後のお茶の時間になると、こうして兄様にお菓子を食べさせてもらっている。

最初はもう子どもではないのだからと断ったのだけど、寂しそうな兄様の目に耐えきれなくなって、自分からひざの上に座ってしまった。

それを見てジャンとレナが「懐かしいです」と笑っていたが、五年ぶりだからか少し恥ずかしい。

「ミレーヌ、口を開けて」

兄様に言われて私が口を開けると、クッキーが差し込まれた。

「んっ」

シャクシャクと音を立てて食べているのを、兄様はうれしそうに見ている。

王子妃教育で疲れきっていた私は、家でもあまり食事が喉を通らなくなっていた。朝と夜にスープを飲むだけという日もままあるくらいだった。そんな私が少しでも食べやすいように、サンドイッチもクッキーも小さめに作ってある。

飲み物は紅茶ではなく蜂蜜（はちみつ）の入ったホットミルク。

一週間で体形が変わるわけではないが、少しずつ食事を続けたため、目の周りのクマが消えて、痩（や）せた頬はふっくらしてきている。

よく眠れて、少しずつ食べられる量も増えてきた。

「次はゼリーにしようか？」

兄様がスプーンですくってくれたゼリーを食べようと口を開けたとき、廊下がざわついていることに気付いた。

何かあったのだろうか。

そう思っていると、すぐにジャンが部屋に飛び込んできた。

「ケヴィン様！　レオナルド王子がお見えになっています。ミレーヌ様を出すようにと。どういたしましょうか！」

レオナルド様が私に用事？　公爵邸に訪ねてきてまで？

「兄様、どういうことでしょう？」

「わからないな。何を考えてここまで来たのか聞き出したい。とりあえず話を聞いてみよう。俺がいると話さないかもしれないから、部屋の外に隠れて聞いているよ」

兄様がそう言うので、私だけで応対することにした。

あれから初めて会うレオナルド様に緊張する。

婚約解消は望んでいたけれど、彼に必要とされなかった、認めてもらえなかったという事実は、痛みとして私の胸に残っていた。

応接室に入ると、ソファに座っていたレオナルド様が私に気がついた。

意外にも、レオナルド様は朗らかな表情で私を見ている。

「ミレーヌ、心配したよ！」

「レオナルド様、どうされたのですか？　心配とは？」

「体調を崩してたんだろう？　だから休んでいると聞いた。文官たちがミレーヌはいつ来るんだとうるさくて。明日は仕事に来られるの？」

「え……」

私が王宮に来ないから心配していた？

ご自分が婚約解消したのに、何を言っているの？

仕事……もしかして王子の仕事のことを言っている？

「レオナルド様、仕事とは、レオナルド様の仕事のことですか？　婚約者のときはあなたの代理として書類の決裁などをしていましたが、今の私は婚約者ではないので権限がありません。ご自分でなさっていただけますか？」

「そんなこと言われても大量にあるっていうし……今までミレーヌが全部やってたんでしょ？　じゃあ、これからもミレーヌがやればいいじゃないか。ああいう仕事は王子の代わりに王子妃がやるんでしょ？　でも、リンにはできないんだよね。ほら最近まで平民だったし、急にやれって言われて困ってるんだよ。ミレーヌが王子妃として仕事してくれるなら、リンは第二妃でかまわないってさ」

あまりの言い分に、何も言い返せなかった。

あんなに勝手なことをしたくせに、仕事をさせるためだけに私を王子妃にしようというの？

怒りのあまり身体が震える。

そのとき、すっと応接室の中に兄様が入ってきた。そしてすぐに私の隣に来て、背中に手を当ててくれる。怒りはまだおさまらないけど、震えは止まった。

「叔父上！　いつ帰ってきたんですか！」

能天気に驚いたような声をあげたレオナルド様を、私の隣に座った兄様は睨んでいる。

「ミレーヌは俺と結婚する」

「え？」

レオナルド様は理解できないという表情で固まってしまった。

ここに兄様がいるのも予想外だろうし、言われた内容も理解できるわけがない。

呆然としているレオナルド様を置いてきぼりにして、兄様は畳みかける。

「だからミレーヌは王子妃にはなれないし、王子の代わりの仕事もできない。そもそもお前から婚約解消したのだろう？　そのリンという恋人は平民上がりの伯爵令嬢だそうだな。それでは王子妃どころか、第二妃にもなれないと知らなかったのか？　お前の婚約者は選び直されることになっているぞ」

「えっ……ええっ」

レオナルド様は驚くばかりだ。

王族として信じられないことだが、ケルドラード伯爵令嬢が第二妃にもなれない身分だと知らなかったらしい。

レオナルド様の情けない姿を見て、私の怒りがおさまっていく。

こんなに愚かな人だったとは思いもしなかった。

もう少しまともな人だと思っていたのに。いつからこうなってしまったのだろう。

「俺たちの詳しい話は兄上か宰相に聞け。ミレーヌはお前に傷つけられている。今日はもう帰ってくれないか」

兄様はそう言うけれど、レオナルド様は王宮に帰って素直に聞くだろうか。

それに、陛下やお父様はどうしてレオナルド様に伝えなかったのだろう。

私がそう思っている間に、レオナルド様は兄様の冷たい目に耐えられなかったのか、素直に応接室を出ていった。

「レオナルド王子、帰られました……」

レオナルド様を馬車まで見送ったジャンが戻ってきたときには、私たちは疲れきっていた。

一息ついたあと、兄様は真面目な表情で私を見る。

「それで、ミレーヌ。レオナルドの仕事を代わりにしてたのか？」

「レオナルド様が十五歳になったときに、王子としての仕事も始まる予定だったのですが……レオナルド様は王子教育が終わっておらず、仕事にまわす時間がありませんでした。そこで王妃様から『王子の仕事を手伝うのも王子妃の役目だ』と言われました。それからは王子妃教育を受けたあと、王妃様のお茶会とレオナルド様との交流会がない日は、夕方までずっと文官たちに交ざって仕事をしていました」

私としては王子妃教育やお茶会なんかより、文官たちと仕事をしていたほうがずっと気が楽だったので、それに対しての恨み（うら）はあまりない。

そういえば、レオナルド様の王子教育は終わったのだろうか。

そんなことをぼんやりと考えていると、兄様が深いため息をついた。

「あぁ、もう。ミレーヌは本当に……」

隣り合ってソファに座ったまま、兄様に抱き寄せられる。

こうしてケヴィン兄様の胸に顔を寄せて甘えていると、つらかったことも忘れてしまえばいいかと思えてしまう。兄様のほうがつらそうな顔をするからかもしれない。

兄様の眉間をなでながら、もう怒らないでと思う。

そして、ふと呟く。

「ケヴィン兄様、レオナルド様の新しい婚約者は大丈夫でしょうか……」

「……ミレーヌと同じ年頃の高位貴族の令嬢どころか、令息も少ないと思ったことはないか？」

そういえばと思う。

学園では学年ごとでしか交流できないようになっているのだが、私と同じ学年で、公爵令嬢は私だけ、侯爵令嬢は二人しかいない。侯爵家の令息は一人いたはずだが、隣国に留学していると聞いている。

よく考えてみれば、こんなに高位貴族が少ないのはおかしい気がする。

首を捻（ひね）る私に、兄様は説明してくれる。

「貴族っていうのは、王族に合わせて子どもを作るのが普通だ。王妃の第一子の懐妊に合わせて子作りする。生まれたのが王子だった場合、令嬢なら婚約者候補に、令息なら側近候補にできるからだ。年が離れていると王子に近づく機会が少なくなるし、出世も難しくなる。なのに、レオナルドが生まれた年の高位貴族の子はゼロ。一年あとのミレーヌの代でも数人しかいない。レオナルドの婚約者になれそうな年齢の高位貴族の令嬢は、ものすごく少ないんだ」

　私がうなずくと、兄様は続ける。

「その上ミレーヌと同じ学年の侯爵令嬢二人は、領地が王都から遠いという理由で、候補者になることも辞退しているそうだよ。結果として筆頭公爵家のミレーヌが引き受けたから、大事（おおごと）にはならず、あまり知られていないけど。そこまでしてレオナルドが避けられたのはなぜだと思う？」

　筆頭公爵家だから必然的に私が婚約者になったのかと思っていたけれど、まさか他の令嬢たちが辞退しているとは知らなかった。

　それにしても、生まれる前から避けられているということは、レオナルド様のせいではない。

　そうすると、もしかして……？

「王妃様が原因ですか？」

私が言うと、兄様は首を縦に振った。

「王妃は陛下の婚約者候補の中では下位の立場だった。だが、無理やり王妃になっている。他の貴族たちにかなり嫌われるやり方でね。だからレオナルドの婚約者になるのは、ミレーヌしかいなかったんだ。さすがに王族の血を引くコンコード公爵家が辞退するわけにはいかないから。そうじゃなかったら、宰相も俺もあきらめずに抵抗したよ」

……レオナルド様と婚約したことを、兄様が嫌だと思っていたなんて。

兄様は毎日優しくしてくれているけど、私に触れた責任感からそうしてくれているのだと思っていた。

でも、昔も少しは私のことを望んでくれていたんだろうか。

私が思わず浮かれていると、兄様は再び口を開く。

「だが、レオナルドは自分でミレーヌを手放した。ミレーヌと同じ年の侯爵令嬢の一人は辺境伯に、もう一人は隣国に嫁ぐ予定だから、二人とも無理だね。辞退してるくらいだから、婚約する気もないだろうし。年の近い令嬢はもう残っていない。今から募集するなら十一歳から十四歳までの高位貴族の令嬢で、まだ婚約していない令嬢に限られる。どのくらい集まるかわからないが、何か理由をつけて辞退する家も多いだろう」

聞けば聞くほどレオナルド様の結婚が心配になる。

私が婚約者に戻ることは絶対にありえないけど、迷惑をかけられる予感がしてならない。

無事に婚約者が見つかるように、祈るしかなかった。

——ガシャーン！

王妃の部屋から大きな音がする。

それを聞いて、コンコード公爵は頭を抱えた。

ここ数日、王妃の間では何かが壊れる音が何度も響いている。

扉の前に立つ衛兵たちは、すべて聞かなかったことにしているようだ。

めずらしく国王が王妃の部屋を訪れたと思ったら、半刻ほど話して、逃げるように出てきていた。

そのあとからはこの調子で……王妃の機嫌は悪くなっていくばかり。

王妃お気に入りのサーシャ夫人ですら、寄りつかなくなってしまった。

女官たちは目を合わせることもしない。下手に目を合わせれば、自分に何かが飛んでくると知っているからである。

「あああああああ！　もう！　もう！」

物を投げては叫び、叫んでは物を投げている。

王妃の部屋から戻り、執務室にてぐったりする国王と宰相であるコンコード公爵に、文官が逐次報告に来る。

そのほとんどが王妃の部屋での被害報告であった。

「先ほど王妃の間の壺がすべて割れました」

「女官が一人ケガをしました。肩に壺が当たったそうです」

そんなきりのない報告が、もうずっと続いている。

何度か話をしようと試みたが、王妃は聞く耳を持たない。

疲れを滲ませた顔で、国王がぽつりと呟く。

「やっぱりアレを王妃にするんじゃなかった……」

「そんなことを今言っても仕方ないだろう……それに他にいなかったじゃないか」

国王と公爵は顔を見合わせて、大きくため息をついた。

公の場では国王と宰相という立場ではあるが、二人は同じ年に生まれ、ずっと行動を共にしてきたため、兄弟のような親友のような関係だ。人の目がないときは、こうして気さくに話している。

公爵は泣き言だらけの国王をなぐさめながら、どうしてこうなってしまったのかと思う。

王妃は侯爵家の中でも力の弱い、レミーレ家の出身だった。

権力のないレミーレ家の令嬢がなぜ王妃になれたかというと、彼女の性格が悪かったからだ。

礼儀作法も教養も秀でたところはなく、容姿はどちらかといえば普通以下、平凡な茶色の髪と目で女性にしてはガッチリした体形であったのに、なぜか自信だけは人並み外れていた。

自分こそが王妃になるという高慢な態度を崩（くず）さず、他の婚約者候補を蹴散らした。

他の婚約者候補のありもしない悪い噂（うわさ）を流し、取り巻きの下位貴族を使って嫌がらせをし、ときには直接対決で相手の令嬢を扇子（せんす）で殴り倒しもした。

王妃の仕打ちに耐えられず、他の婚約者候補が次々に辞退し、最終的に残ったのは王妃と現コンコード公爵夫人であるマリーナだけだった。

公爵夫人が残っていたのは、彼女があまり社交界に顔を出していなかったので王妃の所業を知らず、またおっとりした性格のために逃げ遅れたからである。マリーナは攻撃対象が自分だけになって初めて王妃からの嫌がらせを受け、最後に辞退したのだ。

ちなみに、まだ年若かった国王は今よりもさらにのんびりした性格で、マリーナが辞退するまで婚約者候補たちに起こっていることを、何一つ知らずにいた。

気がついたときには今の王妃が婚約者になっていたのだ。

結婚してしまえば王妃の悪行もおさまるかと思っていたのだが……ここまで国王が彼女に振り回されることになるとは。

「私のケヴィンが!!　あれは私のものよ！　レオナルドを裏切っただけでなく、私からケヴィンを奪うなんて許せない！」

また、王妃の叫び声が響いてくる。

そう、王妃はミレーヌのレオナルドとの婚約解消と、ケヴィンとの婚約を知り、ひどく怒って（いか）いるのである。

国王の耳に入るほど大声で叫ぶとは、浮気心を隠す気もないのかと呆（あき）れてしまう。

確かに国王と王妃は冷めた関係で、レオナルドが生まれたあとは公式の場での会話すらない。

それでも立場上言ってはいけないことくらいは理解してほしい。

浮気相手を連れてくるレオナルドといい勝負だと思ってしまったが、そんなのん気なことを考えたのが悪かったのだろう。さらに悪いことが起こってしまう。

バタンッと、勢いよく執務室の扉が開いた。

「父上！　宰相！　ミレーヌが叔父上(おじうえ)と結婚するとは、どういうことなのですか⁉　それに、僕はリンと結婚できないのですか⁉」

公爵は頭痛を感じて額(ひたい)に手を当てた。

そういえば、王妃への説明を優先にしてしまったために、レオナルドとの話し合いは後回しになっていたのだ。

どうしようかと遠い目をする公爵に、泣きつく国王。公爵邸で真実を聞かされ、呆然としているレオナルド。

さらに追い打ちをかけるように、文官からの王妃の被害報告があがってくる……

王宮に平穏な日々は訪れるのだろうか。

◆

ここ数日、どこにいても母上の声が聞こえてくる気がする。

僕――レオナルドは、宰相からミレーヌと叔父上（おじうえ）の婚約の話を聞いた次の日、とぼとぼと王宮を歩き回っていた。

父上と宰相は耳をふさいで仕事をしているそうだ。

……母上はいつまで暴れるつもりなんだろう。

静かなところはないかとうろついて、王族専用の中庭にたどり着いた。

離宮に近いベンチまで歩いてみると、そこから見える景色が懐かしく感じられた。

――あれは、確か十二歳の頃。

難しいことばかり言う教師にあきて、この中庭の奥まで逃げてきていた。

すると、薔薇（ばら）が咲き甘い匂いがする植え込みの向こう側に、キラキラしたものが見えた。

（ミレーヌだ。こんなところで何をしてるんだろう）

僕はそう思って、こっそりとミレーヌのいるほうへ歩いた。

（たまに宰相に連れてこられて顔を合わせるけど、女の子だし、一緒に遊ぶにはつまんないし）

ミレーヌに会う必要はないと女官に言ったことがあったが、『レオナルド様の将来の結婚相手ですよ』と返された。

そのときの僕は、まったく納得いかなかった。

（結婚相手って、僕とミレーヌが王と王妃になるってことだろう？　じゃあ、やっぱり会う必要なんかないじゃないか。父上と母上が会うことなんてないんだから）

植え込みの向こう側に行くと、ミレーヌの他にもう一人いた。

（叔父上だ。僕とは遊んでくれないのに、ミレーヌとは遊ぶんだ……。ミレーヌもいつもしかめっ面でつまんないって顔に書いてあるのに、叔父上の前ではなんでニコニコしてるの？　叔父上もめずらしくニコニコしてる。……二人とも笑ってる顔なんて、初めて見た）

悔しくなって、ミレーヌに石を投げた。

（このくらいなんてことない。避けられないほうが悪いんだ）

投げた石はミレーヌの腕に当たった。

小さな石だったし、ミレーヌも泣かなかったから、そこまで痛くなかったと思う。

でも、そのあとの叔父上は怖かった。

叔父上は女官たちに『氷王子』と言われてるくらい、いつも冷たい顔でただでさえ怖いのに、そのときは何倍も怖かった。

首をつかまれて、おそらく魔力をぶつけられたんだと思う。

暗い場所に落とされ、身体がバラバラに砕け散るような感じがした。

あまりの怖さと衝撃に気を失ったあと、自室に放り込まれたらしい。気付いたときには部屋で寝かされていた。一部始終を見ていた女官たちも、怖かったと泣いて震えていた。

あれから、叔父上(おじうえ)にはできる限り近寄らないようにしていた。

ミレーヌはあのあとも変わらず宰相に王宮に連れてこられていた。

あるときからしかめっ面じゃなく、静かに笑うようになった。

けど、それはあのとき見たニコニコ顔ではなかった。

(あんな風にニコニコしてるなら、可愛いと思ってやらないわけでもないのに)

あのときの僕はそんなことを考えた気がするけど、ミレーヌのニコニコ顔を思い出すと叔父上(おじうえ)の怖さも思い出すから、そのうち一緒に忘れていた。

婚約したあとのミレーヌはみんなに親切で優しかったけど、幼い頃とは違うように感じた。すぐ目の前にいるのに、遠くにいるような。

それに、誰も見ていないような目をしていた。

いつも何を言っても微笑んでるから、表情を変えてみたくてわざと怒らせるようなこともした。

でも、ミレーヌは時間に遅れても約束をすっぽかしても、微笑んで許してくれた。

学園でリンと一緒にいるようになったあとも、侍従たちは注意してくるのにミレーヌレーヌ。

いつも質素なドレスで女官みたいな髪形をして、女官よりも地味で真っ白な顔のミレーヌ。

そんなミレーヌと違って、リンは僕といるためにおしゃれをしてきたと、いつも言っていた。

「好きな人のためならおしゃれをするんですよ」って。

それじゃあ、ミレーヌがおしゃれをしないのは、僕を好きじゃないからなのか。

今までのミレーヌの態度や変わらない表情が、すべてそこに結びついた気がした。

じゃあ、もういいんじゃないかと思った。

僕はリンと、好きだって言ってくれる子と一緒にいたい。

ミレーヌは真面目だから、婚約してるからダメですって言うかもしれないけど。

ちゃんと話したら許してくれるんじゃないだろうか。

だって、今までだってそうだった。

リンと一緒にお願いしたら最後は許してくれると思う。

そう思ってリンに会わせて婚約解消をお願いしたら、やっぱり許してくれた。

これで全部うまくいくと思ったのに、次の日から文官に怒られるようになった。

は何も言ってこなかった。

仕事がたまってると言われても、僕にはわからないものばかりだった。

今までミレーヌが代わりにやってくれていたという仕事の量は、膨大だった。

急にやれと言われても、僕には無理だ。誰かにお願いするしかない。

リンに言っても無理だし、もう一度ミレーヌにお願いしに行った。

ミレーヌなら仕方ないですねって言ってくれると思ったから。

なのに。

ミレーヌと叔父上（おじうえ）が婚約か……

邪魔したら、本当に叔父上（おじうえ）に殺されるかもしれない。

公爵邸に行くのはもうやめようと思った。

仕事はどうにかするしかないとして、それより問題なのはリンのほうだ。

伯爵家の出では第二妃にもなれないなんて知らなかった。

最初からミレーヌしか婚約者候補がいなかったから、結婚できる条件を知らなかったんだ。

リンに会いに行きたいけど、仕事をしなくちゃいけないから時間がない。

王子ってめんどくさいだけだな。

やめたいって言ったらやめさせてくれるのかな。

そんなことを考えつつ、僕は重い足取りで自分の執務室に戻った。

仕方がないから、仕事の書類に向き合う。だけど、内容がまったくわからない。

目の前にある書類の山を見てため息をついても、状況は変わらない。

文官に言われて毎日執務室に来ているものの、仕事はちっとも減らない。

何をどう進めていいのかわからない。

文官たちはいつも忙しそうにしていて、つかまえて聞けば答えてくれるけど、すぐにいなくなってしまう。

天を仰いだそのとき、扉をノックする音が聞こえて、すぐに誰かが入ってきた。

「どう見ても進んでなさそうだな」

「叔父上（おじうえ）……公爵家にいるはずでは？」

急に執務室に現れた叔父上（おじうえ）に驚く。僕を訪ねてくるなんて初めてのことだ。

昨日公爵家で脅（おど）されたことを思い出して、思わず身構えてしまう。

そんな僕を見ても特に表情も変えずに、叔父上（おじうえ）は話し始めた。

「様子を見に来たんだ。お前の」

「様子も何も……何もできていません」

「そうだろうな。王子の仕事は十五歳から始まっている。もう四年だ。本当なら今頃は王の手伝いができるくらいまで成長しているはずだった。それなのに王妃たちはミレーヌに全部を任せてしまった。お前を自由にさせたかったのかもしれないが、おかげでお前は何も学べないままここまできてしまった。それはお前のせいじゃない」

仕事ができていないことを叱られると思っていたのに、同情されるような言葉をかけられたのが信じられない。

僕のせいじゃない？　そんなことないだろう。

ずっとミレーヌに頼ってばかりいたことにすら気がつかなかったのは僕だ。

それでも何も言い返せない僕に、叔父上は何かが書かれた紙の束をよこす。かなりの量だ。

「これはなんですか？」

「王子の仕事についての説明と書類の書き方、困ったときに調べるといい書物の名前が書いてある」

試しに一枚見てみると、びっしりと文字が書いてある。この字は叔父上の……

「どうして……」

「俺だって王子だった時代があるんだよ。一通りのことは全部やってきている。王宮でまわされる書類はその頃から変更してないはずだ。それと、ミレーヌが使ってた資料も一緒に入れてある。それを見ながら仕事を進めれば、少しはましだろう」

紙の束は古いものから新しいものまであって、ずっしり重かった。

僕のために持ってきてくれたんだ……

「叔父上、僕なんかのためにすみません。父上と宰相から聞きました。叔父上とミレーヌはずっと想い合っていたって。でも母上が王妃になったことで貴族たちから嫌われて、それで僕の婚約者候補が誰もいなかったと。ミレーヌは僕の婚約者になんてなりたくなかったのに……それなのにミレーヌが母上たちに嫌がらせされていたことも知らず、仕事も全部任せたまま遊びほうけて。少しもミレーヌのことを守ろうとしなかった」

叔父上は何も言わずに聞いている。少し怖いけれど、僕は続けた。

「叔父上とミレーヌがお互いをあきらめたのはこの国の未来のためだったのに、僕は何も考えてなくて……それどころか、あんな最悪な裏切り方をしてしまった。もう王子として見捨てられるだろうって思ってました」

悔し涙なのか、叔父上に優しくされてうれしいのか、涙があふれてきた。

止めようと思うのに、あとからあとからあふれてきて、止まらなかった。

それを袖で拭い、手元の紙を濡らさないように抱える。

そんな僕を見て、叔父上は小さく苦笑した。

「俺は、もう少しお前を気にしてやればよかったと後悔している。俺は王宮にいるのが嫌で、公爵邸にばかりいたんだ。本当なら俺が王宮で、お前に教えてやらなければいけなかった。今更何を言っても遅いのはわかっている。だから、お前も嘆いていないでこれから学んでいけ」

なぐさめるような叔父上の言葉にただうなずく。

これから学んで間に合うのか不安はあるけど、やるしかないのはわかっている。

「週に一度は見に来る。それまでの間にわからなかったことがあれば書いておけ。少しずつできるようになっていけばいい」

「公爵邸に聞きに行ってはダメですか？」

「ダメだ」

仕事で忙しい文官には聞きにくいし、週に一度では間に合わないという焦りからお願いしたのに、すぐ断られてしまった。

叔父上はミレーヌのところにずっといるのだろうから、僕が聞きに行けばいいと思ったのに。

「お前が婚約解消した令嬢の家に何度も足を運んでるなんて、噂になったらどうなると思う？　王子と王弟が公爵令嬢を取り合ってる……そう言われるだろうな」

そう指摘されて、自分の言ったことを実行したらどうなるのか想像できた。

ミレーヌは元婚約者だ。王子と婚約解消された公爵令嬢。その醜聞で周りからどう見られるのか、考えもしなかった。

叔父上と婚約できたからいいようなものの、僕が彼女を傷物にしてしまったのだ。

それなのに僕が公爵家をたびたび訪問しようものなら、貴族たちの噂の餌食になりかねない。

「いいか、自分の言動が周りに及ぼす影響を考えろ。将来はお前の一言で人が死ぬかもしれないんだぞ。ミレーヌに近寄るな。俺が近づけたくなくて言ってるんじゃない。次のお前の婚約者のためだ。お前の婚約者になる令嬢は未来の王妃だ。王子妃教育を受ける中で、どうしてもミレーヌと比べられることになるだろう。だが、ミレーヌは普通じゃない。比べてはいけないんだ」

ミレーヌと比べてはいけない？

叔父上のその言葉には納得がいかない。ずっと僕はミレーヌと比べられてきた。

ミレーヌは学園では成績優秀で、僕は人並み。それは周知の事実だった。

今も文官から「ミレーヌ様は頼りになった」と責められ続けている。

優秀な王子妃と何もできない王子。周りは何も言わなかったが、そう思われているだろうことは明白だった。

悔しくてもそれは事実で、いつもいつも苦しかった。

……僕の次の婚約者は、僕と同じような思いをすることになる？

「あいつはまだ幼い頃、俺が王子教育と学園の勉強をしているのを、俺のひざの上で見ていた。そのうち見ているだけでは飽き足らなくなったのか、わからないところを聞いてきて、最後には一緒に課題ができるようにまでなっていた。ミレーヌは俺が学園を卒業するのと同時に、すべての課題を終わらせているんだ。その上でお前の王子の仕事を四年間もこなしている」

僕は思わず目を見開いた。ミレーヌがそんなにすごかったなんて……

叔父上はそんな僕を、じっと見据える。

「普通の令嬢に、ミレーヌと同じことができるわけがないんだ。それでも、何かとミレーヌと比べられるだろう。おそらくつらい思いもするはずだ。そのときに助けられるのは、お前しかいない。間違えないで、一緒に戦ってやれ。それを、俺とミレーヌは宰相夫妻として、コンコード公爵家として支えていく。何かあったら頼れ。相談くらいは乗ってやる」

「……はい。ありがとうございます」

何度袖で拭っても拭いきれない涙で、きっともう顔はぐちゃぐちゃだ。
こんなに人前で泣いたことはなかった。
つらいことから逃げてばかりいたから、本気で泣くようなことはなかった。
……もう逃げない。叔父上やミレーヌに認められるような王子になりたい。
かなわないのはわかっているけど、それでもやってみようと思う。
叔父上は部屋を出ていく前に、僕の頭をぐちゃっとなでていった。
それが、叔父上が昔のミレーヌにしていたみたいな感じで、うれしかった。
――そうか、僕はあのときのミレーヌがうらやましかったんだ。
そう気付いて、僕はなんだか晴れ晴れとした気持ちになった。

第二章

兄様が公爵家に来てから、三週間が過ぎた。

来週開催する私と兄様との婚約発表の夜会に向けて準備が進められる中、私はいつも通り兄様と午後のお茶を楽しんでいた。

今日のお菓子はショートケーキとミニカナッペ、チョコレートにプリン。

使用人たちも兄様がいる生活に慣れてきて、テーブルにお菓子をセットしたらすぐに出ていってしまった。

部屋に、兄様と二人きりになる。

使用人たちは、兄様がもとから公爵家の一員だと思って振る舞っているようだ。

そんな穏やかな生活が、私も心地よい。

……けれど、少しだけ悩んでいることがあった。

私はいつも通り、兄様のひざの上で一通りお菓子を食べさせてもらう。

出されるがままに食べて、もぐもぐ口を動かすけど……なんとなくこれは違う気がする。

五年間の王子妃教育ですっかり痩せて、というよりも、やつれてしまったから、兄様は少しでも私が食べる量を増やそうとしてくれているのだろう。

兄様やジャンたちのおかげで少しずつ身体の調子がよくなっているのはうれしいし、体調を第一に気遣ってくれているのもありがたい。

でも、兄様にこうやって食べさせてもらっているのは、幼い頃から何も変わっていないみたいで……もう私は大きくなっているし、婚約者なのに。

「ミレーヌ？　どうしたんだ？　今日のお菓子は気に入らなかった？」

兄様に顔をのぞき込まれて、私は首を横に振る。

そうじゃない。料理長が作ってくれるお菓子はいつも美味しいし、私が食べやすいように工夫してくれているのも知っている。

それが理由で機嫌が悪いわけじゃないと伝えたいけれど、兄様にどう言えばいいのかわからない。

「ミレーヌ？」

兄様の胸に頭をぐりぐりと押しつける。これはいつも私が機嫌が悪いときにしてしまう癖だ。

いのに。

あぁ、また子どもっぽいことをしてしまっている。もう子どもじゃないと思ってほし

兄様は少しだけ困ったような顔をして頭をなでてくれた。

「……ケヴィン兄様は、兄様のままでいいのですか？」

私の言い方が悪かったからか、兄様は不思議そうな顔をしている。

どう説明したらわかってもらえるのか……

「結婚したのに……兄様のままなの？」

はっきりと私に手を出さないのはどうしてかと聞くことはできない。

恥ずかしすぎるし、兄様が困ったら嫌だから。

そういえば、兄様は私のことを幸せにしてくれるとは言ったけれど、一度も好きだと

は聞いたことがない。

何もしてこないのは、結婚が責任感によるものであって、私には気持ちがないからな

のだろうか。

そんなことを考えていたら、兄様に強く抱きしめられた。

頭のてっぺんから、いろんなところにくちづけをされていく。

頬に額に目に、たくさんくちづけられて、耳にくちびるが触れた瞬間、身体が動いて

しまう。

「にぃさま……」

恥ずかしさに耐えきれなくなって顔を隠そうとしたら、両手をつかまえられてくちづけられた。

くちびるが重なって、身体の力が抜ける。兄様に両手を離され、しっかりと抱きしめられた。

媚薬を飲んだときの記憶はあるので初めてのくちづけじゃないことはわかっているけれど、意識が朦朧としていたせいで感触までは覚えていなかった。

こんな感じなのだと、鼓動が速くなる。

兄様の少し体温の低いくちびるが、私の体温と同じになっていく。

長いくちづけのあと、兄様に見つめられて動けなくなる。

「ミレーヌ、こういうこと？」

兄様に低い声でささやかれるように聞かれ、声も出せずにうなずく。

顔を見られたくなくて兄様の腕の中に潜り込むように隠れると、そのまま抱きしめてくれた。

「こういうことをしないから不安になった？　ごめんね。もちろんしたくないわけじゃないよ。一度はミレーヌの身体を全部見て触って、一緒に気持ちよくなったしね。その記憶がきちんとあるし、またしたいってもちろん思ってる」

兄様に言われて、あまりの恥ずかしさに身もだえてしまう。

「もぅ！　そこまで聞いてません！」

私が軽く兄様の胸を叩くと、クスリと笑われる。

「ミレーヌが生まれたとき、俺はミレーヌと結婚するって思ったんだ。決めたって言ってもいいかもしれない。この子は俺のものだって」

まだ恥ずかしさが勝って顔を上げられないけれど、初めて聞いたことに驚いてしまう。

それに気がついているように、兄様は静かに髪をすいてくれた。乱れた髪を直すように、丁寧に。

少しずつ気持ちが落ち着いてきて、私は兄様の話に耳を傾けた。

「ミレーヌが幼い頃の公爵家は、マリーナ様は使用人に子育てを任せっきりだったし、宰相も忙しくてあまり帰ってきていなかった。ミレーヌと俺を育ててくれていたのは、オリヴィア様……ミレーヌのお祖母様だ。俺は王子で、ミレーヌは公爵令嬢。身分も申し分ないし、ずっと一緒にいたから、何もしなくても結婚できると思って、少しも疑ってなかった」

私もじっとしながら、小さくうなずく。

あの頃の世界にいたのは、私と兄様だけだった。

私を抱き上げてくれるのは兄様だけで、兄様と一緒に眠ったりもしていた。

それがずっと続くのが、当たり前だと思っていた。

「ミレーヌが生まれたときにオリヴィア様が俺に言ったんだ。『ケヴィン、この子を頼むわね』って。それは結婚して守れってことだと俺は思っていたが、違った。先代のコンコード公爵が亡くなってオリヴィア様が隣国に帰ることになったときに、『ミレーヌは王妃として求められるでしょう。責任を伴う重圧にミレーヌが耐えられなくなったときも、あの子があの子らしくいられるように、ケヴィンが助けてあげなさい。そのために、あなたは強さを身につけておきなさい』って言われた。ミレーヌと結婚できないんだとわかって、頭が真っ白になった。それでも、どうしてもミレーヌをあきらめたくなかった。自分を納得させるのに、ずいぶん時間がかかったと思う」

オリヴィアお祖母様のことは、少ししか覚えていない。

銀色の髪を持っていて、よく笑う明るい人だったと思う。

「俺が隣国に修業に行ったのは、ミレーヌの婚約がつらくて逃げたこともあるけど、いつかお前が王妃の立場から逃げたくなったときに連れ出せるように、力を持ちたいと思ったからなんだ。オリヴィア様が必要になったら修業しに来いって言ってくれたから。オリヴィア様は今も健在で、隣国で魔術の研究を続けているんだよ」

兄様が急に隣国へ行ったのは、お祖母様がいたからだったんだ。

国を出たのが突然すぎたし、私もレオナルド様との婚約で落ち込んで話をする余裕もなかったけれど……まさか私が逃げ出したくなったときに連れ出すためだったなんて。

「俺はずっと、ミレーヌだけを見てきたんだ。でもミレーヌにとって、俺は『兄様』だろう。無理しなくていい。少しずつ変えていけばいいんだ。……といっても、最初があれじゃ意識しないのも難しいいな」

話を聞いていて、どこで顔を上げていいか、わからなくなってしまった。

兄様の胸から、大きな心音が伝わってくる。

ドキドキしているのは自分だけだと思っていた。

五年ぶりに再会して、あっという間に結婚し、家に帰ってきた。

久しぶりにひざに乗せられて、食べ物を口に運ばれて、頭をなでられて。

苦しいくらいにドキドキしているのに、兄様は笑ってるだけだったから。

一度はあんなことがあったのに、そんな雰囲気には全然ならなかった。

やっぱり妹扱いのままなんだって思ったら、寂しくて。

一年後の結婚式が終わったら変わるんだろうか、でもそれまでがもどかしい。

責任をとって結婚してくれたけれど、兄様は兄様のままでいたいのかもしれない。

そう思っていたけど……兄様も、私と同じだったなんて。

「私も……私も兄様と結婚するんだって、思ってた」

恥ずかしかったから兄様から顔をそむけ、うつむきながら呟く。

兄様は私を落ち着かせるように背中をなでて、続きを話すのを待ってくれた。

私はゆっくりと、再び口を開く。

「でも、レオナルド様と顔合わせして、王宮に連れていかれるようになって。私が兄様と結婚したら、兄様の立場を悪くするんだって知って、何も言えなかった。兄様と結婚できないなら、もう誰でもいいやってあきらめたの。つらい王子妃教育に耐えるのに必死で、何も考えないようにしてた。だからレオナルド様と結婚するってことが、どういうことなのかわかってなかった。……ああいうことをするってことでしょう？」

兄様がくれたくちづけを、素肌を抱きしめてくれた手を思い出す。

あれがレオナルド様だったら……想像しただけで身体が震えて、思わず兄様の服を握りしめてしまう。

今になって、初めて怖くなった。何を考えてレオナルド様と婚約していたのだろう。

レオナルド様と触れ合う機会がなかったから、気がつかなかった。

「無理よ。兄様以外の人と結婚するなんて無理だった。多分、そのまま婚約していても逃げたと思う」

見上げたら、まるで蕩けたような兄様の笑顔があった。

いつも見せてくれる笑顔より、もっとずっと甘い。

「好きだよ、ミレーヌ。同じ気持ちだったなんて思ってなかった。俺もミレーヌじゃなきゃ嫌なんだ。他の人と政略結婚させられたとしても、ミレーヌ以外を抱けると思えなかった」

これ以上ないくらいに強く抱きしめられ、耳元でささやかれる。

「もう結婚してるのにと思うかもしれないけど、もう一度言わせて。俺と結婚してくれる？」

小さく答えた返事も涙も、兄様のくちびるに呑み込まれていった。


私と兄様が結婚してから一か月が過ぎ、公には婚約発表をする夜会の日になった。

その日は昼から準備が始まった。

王子妃教育のときはあざが見つからないように、湯浴みも着替えも侍女たちの世話を断っていた。

両腕のあざは治療のおかげで消えているし、もう断る必要もない。

やる気に満ちあふれている侍女たちを止める間もなく、されるがままに支度してもらう。

ゆっくり湯浴みし、髪や肌に香油を塗って、身体中マッサージされた。

この一か月、兄様に規則的に食事をさせられていたので、女性らしい体形になったと思う。

以前はコルセットも必要ないくらい細かったけれど、今日は柔らかいコルセットをつけて、胸も強調されている。

夜会用に新しく作ったドレスは紫色だ。

ふわっと広がるスカートの裾部分に、金色の薔薇の刺繍が入っている。

兄様の色を身にまとうとしたら瞳の青か髪の黄色になるのだけど、陛下とレオナルド様も金髪碧眼だからと兄様に嫌がられたのだ。

その結果、ドレスは自分の瞳の色に合わせ、大好きな薔薇を兄様の色で刺繍してもらうことにした。

アクセサリーはドレスに合わせた紫水晶で兄様が選んでくれたものだ。

薔薇を三つつなげた形のネックレスで一目見て気に入ってしまった。

同じ薔薇(ばら)を小さくした耳飾りをつけて、おそろいにする。

髪は柔らかく編み込んだハーフアップにして、残りはふわふわとカールさせる。

少しだけ残した前髪を両側に流し、両頬に遊ばせた。

久しぶりに侍女に化粧してもらい、濃すぎない桃色の口紅をひく。

兄様のために装うということが、何よりうれしかった。

準備ができて兄様のところに行くと、いつもは少し細められている切れ長の目がめいっぱい開かれた。

「すごいよ、ミレーヌ。可愛い」

ゆっくりと近づいてくる間も兄様のうれしそうな顔はそのままで、抱きしめられそうになる。

そこで、すぐさまレナに止められた。

「ケヴィン様。ミレーヌ様に触(ふ)れたいお気持ちはわかりますが、ドレスがしわになりますし、化粧をやり直さなければいけません。今は我慢してくださいませ!」

でも、私もうずうずしている。

王族の礼服は軍服をモチーフにしたもので、白地に青の線が入った上下に金の肩章がついており、その上から青のマントをつけている。

私が夜会に行くようになったのは三年前で、すでに兄様がいなくなってからだ。

だから礼服を着た兄様を見るのは初めてで、目が離せない。かっこいい……

「兄様の礼服姿、初めて見ました。素敵です！」

ずっと見ていたい。夜会なんて行かないで、ずっとここにいたい。

そう思っていると、兄様に両手をとられて、見つめ合う。

すると突然、横から冷静な声が聞こえた。

「ケヴィン様、ミレーヌ様。そろそろ出ないと間に合いませんよ」

私たちはハッとして、穏やかに、でも鋭くそう告げるジャンを見た。

そして苦笑いしつつ、屋敷を出る。

ジャンとレナは、そろってにっこり笑って送り出してくれた。

兄様のエスコートで手を借りて馬車に乗り込む。

さすがに夜会用のドレスを着ているから、ひざには乗せられない。そんなことをしたら着く前にドレスがぐちゃぐちゃになってしまうから、兄様も気を遣ってくれているのだろう。

でも、いつも兄様は向かい側に座るけれど、今日は最初から隣に座ってくれた。

うれしくて笑うと、兄様が不思議そうな顔をする。

「うれしそうだね。ドレスがそんなに気に入った?」

「そうじゃないの。兄様のエスコートで夜会に行けることがうれしくて」

兄様の初めてのエスコート、しかも婚約発表が待っている。

私が兄様のもので、兄様が私のものだって、みんなの前で発表できる。

こんなに幸せな気分でいいのだろうか。

ふと、私の胸を不安が過る。

兄様はいつも通り素敵だけど、隣にいる私はどう見られるんだろう。

レオナルド様と婚約解消したばかりなのに、兄様と婚約した令嬢。

王命とはいえ、人気のある兄様の婚約者が私では、納得しない人も多そうだ。

ちょっとだけ心配だけれど、気にしても仕方ない。

兄様は私を選んでくれたんだから、私なりに頑張って自分を磨いていけばいい。

拳をぎゅっと握りしめて気合いを入れると、兄様に話しかける。

「ねぇ、ケヴィン兄様。私、兄様って呼んでるけどいいの? 婚約者として呼び方を変えたほうがいい?」

「兄様でいいよ。公の婚約者としても、家での夫としても。俺はね、ミレーヌがつらかった五年間、そばにいられなかったことを後悔してるんだ。誰にも頼れず甘えられない場所に、一人きりで置いてきてしまったことを。ミレーヌが兄様って俺を呼ぶのは、甘えたい気持ちの表れでもあるよな。気にしないで好きなだけ呼べばいいし、他の呼び方がよくなったらそれでもいい。ミレーヌの呼び方で、そのときのお前の気持ちがわかると思うから。どんな呼ばれ方、どんな気持ちのときも全部受け止める。そのうち父親と母親になって……どんな関係になったとしても、甘えてくれればいいし、甘えさせたいんだ」

いつまでも兄様と呼んでいたらダメかなと思っていたのだけれど、想像もしていなかった答えが返ってきた。

五年もの間、つらいと愚痴をこぼすこともできずに耐えてきた。

今でも、どうしてあんなに苦労させられてきたのかと、悲しくなるときがある。

きっと兄様はそのことに気がついてくれている。

つらかった分、好きなだけ甘えていいよって言ってくれる。

それがうれしくて、涙がこぼれそうになる。

でも、せっかく綺麗に化粧してもらったのだから、なんとかこらえようとする。

「ねえ、ミレーヌ。いつもミレーヌは可愛いけれど、今日のミレーヌは特別だね。元気になったから白い肌がみずみずしくて、恥ずかしがると両頬が薄桃色に染まって食べてしまいたいくらいだ。もちろん、その果実のような桃色のくちびるもね。周りの男どもは丸くてこぼれそうな胸や細くくびれた腰に釘付けになるだろう。大人に変わりつつある色気にまいってしまいそうだよ。ミレーヌ？　その濡れた目を向けるのは俺だけにしてくれよ？」

そう言って頬からあごにかけて指でなぞられる。驚いて涙は止まってしまった。

兄様が私の涙を止めるためだけに言ったんじゃないことは、じっと見つめられている目でわかる。

兄様の隣にいるのにふさわしい人になれたとは思わないけど、今日は少しだけ自信を持って立っていられる気がした。

やがて馬車は王宮の敷地内に入り、貴族の出入り口ではなく王族専用の出入り口に向かう。

馬車を降りると、たくさんの護衛に囲まれたままでケヴィン兄様にエスコートされ、王宮内に進む。

レオナルド様にはエスコートされたことがなかったので、あまり慣れていない。

それでも兄様なら大丈夫だという安心感で、足元を気にせずにいられる。

護衛たちに通された王族の控室は、初めて来た部屋だ。

第一王子の婚約者としていつも私が使っていたところは、レオナルド様用の控室なのだろう。

落ち着いた色合いの家具で統一されている部屋は、あまり使われていないようだ。

「ここはケヴィン兄様用の控室？」

「そうだよ。一度も使ったことないけどね。夜会のときはいつも王弟宮から直接行って、兄上に挨拶(あいさつ)したらすぐ帰ってたから」

確かに、兄様は今まで婚約者がいなかった。それなら、わざわざ一人で王弟宮の自室から控室に移動する必要はないのかもしれない。

私がそう考えていると、兄様は小さくため息をつく。

「下手にエスコートをすると、婚約者候補だの恋人だのと噂(うわさ)されるからな。レオナルドが結婚して国が安定するまでは特定の人をエスコートするつもりはないと、全部断っていた」

そう言われたら、令嬢側も納得するしかないのかもしれない。

王弟殿下に無理に取り入ろうとすれば、王家に反逆する意思があると思われかねない。

この国は長年、戦争も内乱もなく平和が続いている。国を変えたいほど不満を持っている貴族はいないだろう。それなら、反逆者だと疑われてまでケヴィン兄様と姻戚関係を結ぶメリットはない。

私はそこまで聞いて、あることに気付いた。

「では、兄様のエスコートとファーストダンスは私が初めてですか？」

今までの夜会では、陛下と王妃様が開始のダンスをしていた。

仲が悪いことで有名な二人だが、目立つのが好きな王妃様はそれだけは文句を言わなかったらしい。もちろんそれが終われば、お二人で行動されることはなかったのだけど。

今日は兄様と私の婚約発表ということで、私たちがファーストダンスを踊ることになっている。

兄様に執着しているという王妃様がそれを見たら騒ぎそうだということで、陛下の取り計らいで王妃様は今日の夜会には出席させないことにしたそうだ。

けれど、あの王妃様が夜会に出ないことを了承するとは思えなかった。

……無事に終わるんだろうか。嫌な予感がする。

なんだか胸の中にもやがかかっているような感覚に陥って（おちい）いると、兄様が問いかけてくる。

「ミレーヌのエスコートはレオナルドがしてたんだろうけど、ファーストダンスはしたことある？」

「ファーストダンスというか夜会で踊るのは初めてです。レオナルド様は……踊れないので……。それに、レオナルド様にはエスコートされたことがありません」

「初めて、ね」

……ケヴィン兄様、その緩みきった笑顔は危険です。控室にだって女官たちがいるのに。

五年前の兄様は、その冷たい表情から『氷王子』と呼ばれていたと聞いていた。

でも、今日の兄様は甘い笑顔で……

この表情を見た令嬢たちは、兄様のことをなんて呼ぶのだろうか。

私も頬が緩みそうになるのをこらえながらソファに座って待っていると、ノックのあとに文官が入ってきた。

見覚えのある顔で、お父様の下で働いている文官だとわかる。

「ケヴィン殿下、陛下がお呼びです」

「こんなときに呼び出す理由はなんだ？」

さっきまでの笑顔を一気に険しい顔に変えて、兄様が尋ねる。文官は少し視線をさまよわせて、重い口を開いた。

「……実は王妃様が暴れています。宰相も一緒に止めようとされていましたが……ケヴィン殿下が来るまで暴れ続けると言っています」

やっぱり……無事に終わりそうにないどころか、始まることすらできそうになかった。

兄様もげんなりした顔をしている。王弟殿下らしい表向きの顔が作れなくなっている。気持ちはわかるので兄様の手に触れると、私を安心させるようにきゅっと握り返された。

「これじゃ夜会が始められないから、行ってくる。ミレーヌ、すぐに戻ってくるから女官たちと待ってて」

兄様はそう言うと、男性の護衛を全員部屋の外に出す。そして廊下にいた女官たちを何人か呼んで中に入るように指示をした。部屋の中にも女官はいるけど、護衛も兼ねて人数を増やしてくれたのだろう。

新しく入ってきたのは見覚えのない女官ばかりなので、王族付きではないようだ。王子妃教育で関わらなかった人のほうが安心できるから、よかったかもしれない。

お茶の準備をしようとした女官に、今はいらないと伝えた。

話すこともなく黙っていると、夜会のことを考えて少しずつ緊張してくる。

早く兄様に帰ってきてほしい。

そう思って、どれくらい経っただろうか。

廊下が騒がしくなったと思ったら、バーンと音を立てて扉が大きく開いた。

中に飛び込んできたのは、怒りの形相の王妃様だった。

いつも綺麗にまとめている茶色の髪がほつれ、息が上がっている。急いでここに来たようだ。そんなに急いで夜会前に訪ねてきたのは、私に文句を言うためだろう。

「ミレーヌ！　私のケヴィンを返し……」

王妃様は叫びながら勢いよく入ってきたのに、私を見て動きが止まった。化粧で黒く縁取られた迫力のある目が、見開かれる。

「お前は……？　ミレーヌ？」

いつもと違う髪形と化粧のせいで、私だと確信を持てなかったようだ。

それでも私をじっと見て確信すると、みるみるうちに顔を赤くした。

「なんで！　なんでなの！」

髪をかきむしり、怒（いか）りをたぎらせる王妃様に、女官も近づけない。

この状態の王妃様に近づけば、殴られるか物をぶつけられるということを知っているからだ。

王族付きの女官ではなくても、王妃様の暴れっぷりは王宮内で知らない者はいなかった。

身分が高い王妃様が暴れたら、誰も止められない。

部屋の中にいる女官はもちろん、廊下から様子をうかがっている護衛たちも、どうすることもできない。

「どうしてあなたなんかがケヴィンの婚約者になるのよ！　レオナルドにいらないって捨てられたくせに。この王国のものはすべて私のものなんだから、ケヴィンだって私のものなのよ。私の許可なく、勝手に婚約するなんて認めないわ。すぐさまケヴィンを返しなさい！」

いつものように王妃様に命令される。私が逆らうなんて思ってもいないような言い方だ。

だけど、それに従う理由はなかった。

王妃様の立場は、確かに私より上だ。本来は逆らってはいけない。

だけど、公（おおやけ）にはしていないとはいえ婚姻証明書がある以上、私が兄様の妻なのだ。

これほどまでに侮辱（ぶじょく）されて黙っている必要はないはずだ。

「いいえ。ケヴィン兄様は私のものです。大事な婚約者なので、渡すことはできません。それに、兄様が王妃様のものだったことなど、一度もなかったでしょう？」

にっこりと笑って言い返す。

私の言っていることは事実だが、もう少し穏便（おんびん）に済ませることだってできた。

それをしなかったのは、五年もの間一度も言い返せなかったことが悔（くや）しかったからだ。

今なら言い返せる。それに、ケヴィン兄様まで馬鹿にするようなことを言われて、黙り込むような真似はしたくない。

兄様は王妃様のものじゃない。それだけははっきりさせたかった。

「なんて生意気な！　綺麗な者は全部私のものだって決まってるのよ。ケヴィンが大きくなるまで我慢して待っていたというのに、隣国なんて行かされて。ようやく私のもとに帰ってきたと思ったのに、まだ邪魔する気なの！」

怒りのあまり、王妃様の声も震えている。

私が言い返すとは思っていなかったのかもしれないが、それにしても発言がおかしすぎる。

綺麗な者は全部王妃様のもの？　大きくなるまで待ってた？

夜会デビューの日に初めて会って以来執着されていたという兄様の言葉を思い出す。

ずっと兄様を手に入れることを企んでいたのだろう。

王妃という立場の者が王弟を望むなど、あまりにも勝手すぎて呆れてものが言えない。

その上、たくさんの人がいるこんな場所で大声で叫ぶことも理解できなかった。

「重ねて言いますが、兄様は王妃様のものではありません。兄様は私が生まれてからずっと、私を想ってくれていました。返せと言われても、兄様も私と一緒にいることを望ん

でくれているのですから、渡すことはできません」

王妃様に何を言われても、そう言い返すしかない。

おそらく何を言っても無駄だと思うし、これだけ揉めていれば兄様が気付いてくれるだろう。

陛下かお父様くらいしか止めることはできないし、説得できるとも思えない。

私はただ、じっと王妃様を睨みつける。

「……許さない。こんな小娘が、私のケヴィンを……ずっと気に食わなかったのよ。次期王妃は優秀だなんて言われてつけあがって！　だから痛い目に遭わせてやったのに……」

うつむいて呟いている王妃様の手に、いつの間にかキラリと光るものが見えた。

それを持って、こちらに小走りで向かってくる。

もしかして、刃物!?

逃げようとしたけれど、すぐ後ろには女官たちがいる。

夜会用のドレスではすぐに動けないし、避けられるほど広い部屋ではなかった。

切られるかもしれないと思って、腕で頭をかばい身をよじって逃げようとする。

にやりと王妃様が笑ったのがわかった。

怖い！　逃げられない……兄様助けて！

心の中で、祈るように叫び——切られることを覚悟したのに、何もなかった。

どうなったんだろう。怖くていつの間にか閉じていた瞼を開けてみる。

目の前に、壁のようなものがある。……これは、マント？

「ミレーヌ！　大丈夫か！」

壁になっていたマントの横から、兄様の顔が見えた。

兄様？　兄様が助けに来てくれた？

「衛兵入れ！　王妃を拘束しろ！　陛下の許可はとってある。処分が決まるまで逃げられないように、王妃の自室に軟禁しておけ」

廊下からたくさんの衛兵たちが入ってきた。いつの間にこんなに衛兵が集まっていたんだろう。

王妃様は叫んで暴れているけど、数人の衛兵に力尽くで押さえられている。

「離しなさい！　私に触れるなんて無礼だわ！　ケヴィン、助けなさい！　ミレーヌなんかの隣にいるなんて許さないわ。あなたは私のものなんだから！」

王妃様はまだあきらめていないのか、兄様に自分を助けるように命令している。

それに対して兄様はスッと冷たく目を細め、吐き捨てるように呟いた。

「気持ち悪い……俺がお前のものだったことなどない。想像されるだけでも迷惑だ。もう俺とミレーヌに近づくことは許さない」

「どうして！　そんな女のどこがいいのよ！　多少化粧したところで、地味でおとなしくて人形のような何もできない娘。私と結婚すれば、国王になることだってできるのよ！」

「そんなものはいらない。この国の国王の座なんて俺には必要ないものだ。俺にはミレーヌがいればいい。もういいだろう、衛兵、連れていけ」

「はっ」

「いやよ！　いや！　ケヴィン……うぐっ」

最後まで抵抗し続けた王妃様は、ケヴィン兄様が魔術で発した冷気で口を凍らされた。そのまま衛兵が王妃様を運んでいく。

兄様の出す魔術の氷が融けるものなのかはわからないけど、しばらくは静かになるだろう。

運んでいく衛兵たちが気の毒だから、そのままでいてほしい。

「駆けつけるのが遅くなってごめん、ミレーヌ」

兄様が言うと同時に、硬く壁のようになっていたマントがへにゃりと折れて元に戻り、床に落ちた。

どうやら、兄様はマントを魔術で凍らせて、盾のようにしてくれていたらしい。

マントは溶けたり焦げたりして、ところどころに穴があいている。嫌な臭いも立ち込めていた。

兄様は汚いものを見るように、顔を歪ませる。

「王妃がかけた液体のせいだ」

キラッと光って見えたのは、刃物ではなく液体の入った瓶だったようだ。

王族のマントは着ている人を守るために、特殊な糸で編まれた布でできている。

簡単に傷がつくようなものではないのに、穴だらけになってしまったマント。

もし兄様が来てくれなかったなら、私のドレスや私自身がああなっていたに違いない。

「兄上のところに着く前に、文官から王妃が逃げたと聞いて、必ずここに来るだろうと思った。走って戻る時間が惜しくて転移魔術を使ったら、王妃が瓶の中身をミレーヌにかけようとしているところだったんだ。とっさにマントに魔力を流して壁にしたけど、ミレーヌにかからなくてよかった……もう間に合わないかと思った……」

兄様はそう言いながら私をいろんな角度で見て、何もないことを確認すると、ようやく安心したらしい。

「ミレーヌ、王妃と何があったか、教えてくれるか」

「はい」

私はソファに座り直し、王妃様とのやりとりを兄様に説明しようとする。

すると、突然陛下とお父様が部屋に飛び込んできた。

「はぁはぁはぁ。よかった……無事で……」

お父様は私の無事を確認するとへたり込んでしまう。

王妃様のあとを追いかけてきたそうだが、王妃様の足の速さに負けたようだ。

王妃様は淑女なのに、どこで足を鍛えたのだろうか？

陛下とお父様もソファに座って四人で向かい合うと、先ほどまでの出来事を説明し、このあとどうするか打ち合わせをする。

もうすでに夜会を開始する時間になっているから、中止するわけにもいかない。

もともと王妃様は出席しない予定だったので、いなくても特に問題はない。とりあえず軟禁し、処分についてはあとで検討することに。

私とケヴィン兄様の婚約発表は予定通り行うことになった。

私と兄様は、公爵邸からそれぞれ服の予備を持ってきていた。王妃様にワインをかけられるくらいのことはあるかもしれないと思っていたからだ。

すぐに新しいマントが用意されて、兄様は使用人たちにつけてもらっている。

兄様は礼服だけでもかっこいいのだけど、せっかくの婚約発表の場だし正式な服装で出てくれるならうれしい。

予定の時間が過ぎているので、広間はざわついているようだ。何か起こったのかと気になっているのだろう。

私たちは身支度を整え直すと、広間へつながる扉の前に立った。

「陛下並びに王弟殿下、コンコード公爵令嬢のご入場です！」

広間の大扉が開かれる。王族のみが通れる扉だ。

歩いていく陛下のあとを、兄様にエスコートされて進む。

緊張していると思われたのか、兄様は右腕に添えた私の手を、左手でポンポンと軽く叩いた。

大丈夫、と目で返すと、見つめ合ってお互いに笑みがこぼれる。

広間のあちこちからざわめきや小さな悲鳴が聞こえた。

「そんな」とか「笑った」とか。

そういえば兄様は『氷王子』と呼ばれていたと思い出したけど、当の本人は気にした様子はない。

私たちは王族席の前まで進み、陛下の開始の挨拶(あいさつ)を待つ。

少しの沈黙のあと、陛下は厳かに口を開いた。

「待たせたようだが、これより夜会を開始する。そして、今日は皆に報告がある。息子のレオナルドとミレーヌ嬢の婚約だが、実は暫定的なものであった。レオナルドと年の近い令嬢がほとんどいなかったため、コンコード公爵家の血を引く子が他にできた場合にのみ、ミレーヌ嬢を王子妃として迎えることになっていたのだ。だが、現時点で他に子がいないことから、ミレーヌ嬢が二十歳の成人を迎える前に婚約を解消する運びとなった」

お父様と陛下は、もともと私とレオナルド様の婚約が暫定的なものだったということにしたらしい。

お父様、よく考えたなあと感心しながら、陛下の発表に耳を傾ける。

「あわせて、幼い頃にコンコード公爵家で育ったケヴィンを、後継者とすることを命じた。ケヴィンはミレーヌと婚約し、結婚と同時に王位継承権は放棄してもらう。二人は今宵から正式に婚約を結び、結婚式は来年執り行う」

広間にいる貴族たちから、拍手が送られる。その中に恨み言のようなものも聞こえてくるけど、気にしたら負けだと思うので聞き流した。

陛下が王族席に座り、兄様と私はホールの真ん中に立つ。視線が集まるのがわかった。

ケヴィン兄様に手をとられ、しっかり背中に回される。

すぐにゆっくりとした音楽が聞こえてきて、ワルツが始まった。

お互いに夜会では初めてのダンスだけど、兄様と私にダンスを教えてくれたのはジャンとレナだ。

私たちは小さい頃から手をとって、くるくると回って、遊ぶように踊っていた。

覚えるまで何度も何度も。身長差はあったけど、気にしたことはなかった。

兄様と踊るのは五年ぶりだし、この一か月は体調を回復させるのを優先して練習することはできなかった。だけどステップは覚えているし、タイミングもしっかりそろっている。

五年も離れていたことを一切感じさせないくらい、ぴったりとタイミングを合わせて踊る。

昔のようにくるくると回ると楽しくて、笑みがこぼれてくる。

思わずふふっと声を漏らすと、兄様も一緒に笑っていた。

楽しいねと、小さい頃の兄様の声が聞こえた気がした。

私が夜会に出るようになったら、最初に夜会で踊ってくれると約束したこと、兄様は覚えているだろうか。

あの約束が叶えられた。きっとこれから何度もできる。

多幸感に包まれながら、私たちはステップを踏んだ。

あっという間にダンスが終わり、私たちは王族席に向かう。

このあとは貴族たちが踊るのを見て楽しむ時間となる。

王族席に座ると、少し乱れた髪を兄様が手で直してくれた。

思ったよりも乱れていたのか、何度も手で髪をすかれてくすぐったい。

『氷王子』と呼ばれている兄様の、こんなに甘い顔を見たら、令嬢たちはなんて思うのだろうか。

兄様は広間で踊っている貴族や、こちらをちらちらとうかがっている令嬢たちには目もくれず、ずっと私だけに話しかけてくれる。

「さすがにここでひざの上に乗せるわけにはいかないな」

「ここじゃダメですよ。帰ってからにしてください」

「ミレーヌが可愛すぎるのが悪いんだよ。ほら、『妖精姫みたいだ』って言ってる令息たちの声が聞こえるだろう？　俺のミレーヌだって思い知らせたいのだけどね」

「私の兄様だって、私も思い知らせたいですよ？」

お互いに同じように思っているのだと知って笑い合っていると、陛下が立ち上がる。

退出する時間のようだ。

私たちも陛下のあとに退出することになっていたので、兄様が立ち上がると、私に手を差し伸べる。

その手をとって、大扉のほうに向かって歩き出したときだった。

「あの！　王弟殿下！　私とダンスをお願いします！」

「一度だけでいいんです！　一生の思い出にしたいのです！」

「私も、お願いします！」

「次は私も！　お願いします！」

兄様は色とりどりのドレスを着た令嬢たちに囲まれ、一斉にお願いされる。

その勢いに押され、一歩後ろに下がろうとしたら、兄様にぐっと腕を引かれた。

そのまま肩に手を回されて、兄様の背中の後ろへと隠される。

令嬢たちの勢いは止まらず、彼女たちの後ろには夫人たちも列をなして待っている。

兄様が令嬢と踊るようなら自分たちもお願いするつもりなのだろう。

『氷王子』と呼ばれる兄様がダンスの誘いに応じたことはないはずだけど、私と婚約したことで何か変わったように思われたのだろうか。

「俺はミレーヌとしか踊らない。断る」

簡潔に答える兄様の声は、凍ったように冷たい。

けれど、令嬢たちには聞こえていないらしい。

じわじわとこちらに寄ってくる令嬢たちに、兄様は我慢の限界をこえたようだ。

突然目の前に透明な壁が現れる。と同時に、広間の温度が一気に下がった。

凍りそうなほどの冷気でできた壁に阻まれ、令嬢たちが後退する。

冷気の壁は、私たちの背後を除いた三方向に広がり、令嬢や夫人たちを押しのけていった。

「さ、ミレーヌ。退席しよう」

氷風の壁を前にしてにっこり笑った兄様に連れ出され、私はまた歩き始めた。

私と兄様の周りだけはふんわりと暖かい空気に包まれているけれど、会場は兄様の出した冷気で一気に気温が下がってしまっている。

この騒ぎに気がついていなかった者たちも、寒さで異常を察し始めた。

ざわめく人々の間を抜け、私たちは大扉へ向かう。

大扉を出ると、その先は王族以外は立ち入り禁止になる。

もう会場に王族は残っていないため、私と兄様が広間から出ると大扉はすぐに閉められた。

騒がしい夜会の音も、すぐに聞こえなくなる。

「あんなに人が群がってきて怖くなかったか？　大丈夫か？」

そう言って両手で頬を包んでのぞき込んでくる兄様に、大丈夫と答えた。

あんなにたくさんの人から人気のある兄様と結ばれると、大変なこともあるかもしれない。

でも、兄様が守ってくれている。

兄様がいればまったく怖くないと思えた。

夜会での役目も終わったので、公爵邸に帰ろうと馬車に乗る。

婚約者としてのお披露目はできた。

これでもう大丈夫。

緊張が緩んだのか、身体中にどっと疲れがのしかかる。

私は兄様のひざの上に乗せられ、うとうとしながら馬車に揺られた。

◆

時は少しさかのぼり、ミレーヌとケヴィンが夜会の会場に入場する前のこと。

広間では、令息たちの間でこんなやりとりがされていた。

「王弟殿下が帰ってきてるらしいな」

「あぁ、五年ぶりくらいになるか？」

「なんでも、婚約発表をするらしいぞ。しかも、相手は『女官姫』だ」

『女官姫』とは、ミレーヌのことである。

女官のような質素な佇まいのミレーヌを、社交界ではそう呼んで嘲笑していた。

一人の令息がふと気付き、首をかしげる。

「『女官姫』？　レオナルド王子との婚約はどうするんだよ」

「それが、婚約解消と同時に改めて婚約するらしい。どっちも王命だと」

「それはそれは……王弟殿下もお気の毒に……」

女官のように華のないミレーヌを娶るケヴィンのことを、令息たちは心より哀れんでいた。

その近くでは、夫人たちもお喋りに興じていた。

五年ぶりに『氷王子』が出席すると聞いて喜んだのもつかの間、彼が婚約したという話で沈んでいるのだ。

「ねぇ、『氷王子』の婚約の話、本当だと思います？」

「本当だったら許せませんわ。あの『氷王子』ですのよ！」

「そうですよ、誰とも踊らず会話もしない『氷王子』は、見るだけで楽しむのがマナーですのに」

「それが『女官姫』のものになるなんて……」

「でも皆様、『氷王子』のことですわよ？　婚約してもあのままなのではないかしら」

「婚約しても、あの冷たさのまま……」

「……それは『女官姫』がお気の毒かもしれませんわ……」

五年前までのケヴィンを知る者たちは、彼が社交界デビューした年に起こった事件を思い出した。

見目麗（みめうるわ）しいケヴィンに、令嬢たちが殺到したのだ。

それだけでなく、色めき立つ彼女たちを止める立場であるはずの夫人たちも彼を取り囲んだ。

一度でいいからケヴィンとダンスを踊りたい。そんな乙女心からである。

最初は女性たちの誘いを丁寧に断っていたケヴィンであるが、女性たちは少しでも近くで彼を見たいと距離を詰めた。

ケヴィンはいつの間にか、令嬢たちと夫人たちに周りを囲まれて身動きがとれなくなってしまっていた。

徐々にケヴィンは不機嫌になっていった。

そして、突然チリチリと音がし、彼の周りを冷気が渦巻いた。すべてが凍るほどの冷気が。

その異常な冷気と凍りついたようなケヴィンの表情を見て、近くにいた令嬢や夫人は皆、後ろに下がった。

女性たちが距離をとると、彼はさっと退席してしまった……というのがことのあらましだ。

ケヴィンの魔力は、感情に左右される。

拒否する気持ちが強すぎて魔力が勝手に漏れ出した結果、周りに冷気が渦巻くことになってしまったのだ。

本人が意図的にしたことではないし、令嬢たちと夫人たちのマナー違反もあったことから、おとがめはなかった。

ただ周りにいた女性たちはその冷気に恐怖し、次の夜会からはケヴィンを遠くから眺めることしかできなくなった。

ケヴィンのデビュー事件のあと、一年間は平和だったのだが、次の年のデビュタントでまた事件が起きた。

新しく社交界デビューする令嬢たちは、『氷王子』の事件を知らない。

当然のように彼女たちはケヴィンに目を奪われ、ダンスをお願いし、拒絶された。

ケヴィンが夜会でデビューしたときと同じように拒絶の言葉と態度を向けられ、さらに恐怖を感じる冷気の渦を当てられ、令嬢たちはそろって撃沈する。

次の年もその次の年も、その年にデビューする令嬢の間で同じことが起きたため、一連の流れが『「氷王子」のデビュー洗礼』と呼ばれることになった。

夫人たちは過去に想いを馳せ、小さく口元に笑みを浮かべる。

「毎年恒例の『デビュー洗礼』が見られなくなって、五年。今の令嬢たちは知らないでしょうね」

「『氷王子』がいなくなったあとにデビューした子たちは、知らないわよね」

「今日の夜会では『デビュー洗礼』、あるかもしれませんわ」

そうほくそ笑んでいた夫人たちであったが――予想外の光景に、ただ唖然とすることとなる。

『氷王子』が、今日の夜会では甘い笑顔で婚約者をエスコートして入場した。

それだけでなく、華奢だが女性的な身体つきをしており、一度見たら心を奪われてしまうほど清純で美しい令嬢が彼の隣に立っていたことに、夫人たちはさらに驚いた。

二人が歩く姿は神々を絵にかいたような美しさで、広間にいたすべての者を魅了した。

そこで終わればよかったのだろう。

だが、女性たちはケヴィンの婚約者に向けられた甘い顔を見て、優しくしてもらえると勘違いした。ひとときの夢を求め、王弟殿下にダンスを求めた。

しかし、一瞬で跳ね返された。

彼は確かに優しい。ただし、婚約者に対してだけなのだ。

彼女たちは、それをまだ知らない。玉砕する女性たちを眺めながら、男性たちはひそひそと話す。

「今回の『デビュー洗礼』、人数多くなかったか？」

「五年間でデビューした令嬢の人数よりも多かったよな」

「あれだろ。『氷王子』の氷が融けたと思ったやつが突撃したんだろ」

「すごい融け方だったよな。笑ったのなんて初めて見たけど、なんだよ、あのいちゃつき方」

皆同意するように、うんうんとうなずく。

するとー人の令息が、ふと思い出したように顔を赤くした。

「『女官姫』なんかじゃなかったな。あれは『妖精姫』だよ」

「思ったよ、『妖精姫』。あんなに綺麗な令嬢だったんだな」

「いや、前回の夜会では『女官姫』だったぞ。あれは変わりすぎだろう！」

令息たちは顔を見合わせ、はあとため息をつく。

「『氷王子』が『女官姫』を『妖精姫』にしたのか、『女官姫』が『氷王子』を融かしたのか……」

「どっちもじゃないか？　あの二人の間に入ったら殺されるぞ、多分」

「レオナルド王子、入ったりしないよな、まさか」

「それはさすがにないんじゃないか」

「だよなぁ」

令息たちは、再び女性たちへと視線を向ける。

何が起きたのかわからず、呆然として震える令嬢たち。

隙あらばと狙っていたのに、ケヴィンに近づくこともできなかった夫人たち。

この事件は、数年後には『氷宰相の洗礼』と呼ばれるようになり、夜会の名物として定着する。

本人の不満をよそに……

◆

夜会から一夜明けて、朝食の席に向かうと、ケヴィン兄様は出かける準備をしているようだった。

人と会うときの服装に着替えていて、ジャンにいろいろと指示をしているようだ。

「どこかに行くの？」

「王宮に行ってくる。今日中に王妃の処分を決めるそうだ。あのまま王宮で軟禁してると、衛兵たちが大変だしな……」

私が聞くと、兄様は眉根を寄せつつそう答えた。

王妃様の処分。昨日のことを思い出して、納得する。

あの液体がなんだったのかはわからないけれど、兄様のマントの状態を考えると、私にかけられていたら大変なことになっていた。

ドレスだけだったらまだしも、顔や髪、身体にかかっていたら……？　今頃私はここにいなかったかもしれない。

「昨夜、王妃様はケヴィン兄様を返してって言っていました。ケヴィン兄様は自分のものだって。思わず言い返してしまったのだけど、大丈夫でしょうか？」

「大丈夫。言い返したことに問題はないよ。今王妃は王弟に危害を加えたとして拘束している。処分は厳しいものになると思うが、何か希望はあるか？」

希望……王妃様とは嫌な思い出しかない。

だからといって厳しい処分をお願いするのも違う気がする。

自分の手を汚すようで嫌だという、心の弱さがあるのかもしれない。

兄様にもそんな人間だと思われたくないという気持ちも、正直ある。

「確かに、私は今まで王妃様にひどくされてきたけれど、今回の一件で王子妃教育の恨みをぶつけるのは、やっぱり違うと思う……昨日の一件だけを考えて、公正な処分をしてください」

「わかった。伝えておくよ」

いい子だというように頭をなでられた。迷ってはいたけど、その答えでよかったんだと少しホッとする。

兄様はゆっくり私の頭から手を下ろすと、思い出したように口を開く。

「それと、俺は夕方まで帰れないかもしれないが、午後のお茶はマリーナ様が一緒にと言ってた」

「お母様と一緒ですか。それはめずらしいですね……」

「俺がいなくても、お菓子、食べておけよ。料理長が泣くからな」

あまり食べなかった五年間、料理長が陰で泣いていたと聞いた。

それまで喜んで料理長が作る食事もお菓子も食べていたのに、急にほとんど食べなくなってしまったから。

自分の料理が気に入らないのかと悩んでいたとも聞いて、申し訳なく思った。

最近兄様と一緒にお菓子や食事を少しずつ食べるようになって、今度はうれし泣きしていたらしい。

屋敷のみんなには本当に心配されていたと思うと申し訳ない気持ちもあるし、うれしくもある。

もうこんな心配させちゃいけないなと反省した。

私は屋敷の使用人たちに想いを馳(は)せたあと、兄様にしっかりとうなずく。

二人で朝食を終えて、私は兄様を馬車まで見送ることにした。

「じゃあ、行ってくるよ、ミレーヌ」

「兄様、いってらっしゃい」

いってらっしゃいと言ったのは初めてだったから、なんだか心が浮き立つ。

小さい頃から兄様を見送ることはあったけれど、それは王宮へ帰るときだった。今、兄様が帰ってくるのはここなんだと実感できて……胸がいっぱいになる。

馬車が見えなくなるまで見送ったあと振り返ったら、ジャンとレナが二人でニコニコしていた。恥(は)ずかしくなって、隠れるように急いで部屋に戻った。

それから自室で本を読んだり学園の課題をしたりして過ごしていると、あっという間に午後のお茶の時間になった。

「顔色はよさそうね。元気になって、よかったわ」

そう言って弱々しく微笑んだのは、向かいのソファに座っているお母様だ。

いつも兄様と午後のお茶をする部屋のテーブルの上には、いつも通りたくさんのお菓子が並んでいるけれど、今日は兄様のひざの上ではない。

お母様とは昔に何度かお茶したことはあるが、王子妃教育が始まってからはほとんど家にいなかったこともあって、とても久しぶり。

「昨日の夜会での王妃の件、聞きました。大変だったわね……」

少し震えた声で話し始めたお母様の顔は青ざめている。まるで自分が襲(おそ)われたかのようだ。

こんな不安そうな顔のお母様を見るのは初めてだった。

お母様はしばし視線をさまよわせると、覚悟を決めたように私を見つめる。

「実はね、私は陛下の婚約者候補筆頭だったのよ。当時の公爵令嬢は私だけだったから、幼い頃から陛下とはお会いしていて。候補とは名ばかりで、ほとんど決まっているようなものだったの。婚約者候補を集めて交流会が開かれたときも、皆さんは暗黙の了解で辞退することになっているからと言われていたくらいだった」

私はそこまで聞いてうなずいた。

お母様が婚約者候補だったことはケヴィン兄様から聞いていたが、ほとんど決まっていたというのは知らなかった。

お母様は一度言葉を止めたあと表情をさらに暗くし、再び話し出す。

「でも、王妃は、デイジー様は違ったの。最初の交流会から敵意むき出しで……それでも、私が直接何かされたわけではなかったからそんなに気にしていなかった。でも交流会が行われるたびに、デイジー様は見えないところで令嬢たちに嫌がらせをしていて、私はそれに気付いていなかった。皆さんが辞退した原因が、当初の予定でなく嫌がらせだということも知らなくて……わかったときには遅かったの。婚約者候補はデイジー様と私だけが残って、王宮での交流会に呼ばれるようになった」

お母様は深くため息をつきながら、両手を胸のあたりで握りしめた。その手は真っ白になっている。

当時のことを思い出すのが、そんなに嫌なのだろうか。

「……王宮でのお茶会の途中、急に苦しくなって席を立ったの。侍女たちと帰ろうとしたら、あなたのお父様が馬車までついてきてくれることになって。あの人、当時は陛下の側近だったから、お茶会の場にいたのよ。陛下はデイジー様もいらっしゃるから、送ることはできないでしょう?」

お父様が小さい頃から側近候補として育ってきたというのは知っている。

陛下が第一王子として婚約者を選ぶ頃には側近になっていたのだろう。

お茶会の場に控え、具合が悪くなった令嬢を馬車まで見送るということは、側近として普通の対応だろうと思う。

私は納得して、お母様の話の続きに耳を傾ける。

「けれど、送ってもらっている途中、王宮内を歩くうちに私が動けなくなってしまって。あとからわかったのだけれど、媚薬を盛られて具合が悪くなっていたの……」

媚薬! お母様も!?

衝撃の事実に私は目を見開いた。

お母様は私の様子には気付いていないようで、話し続ける。

「倒れて動けなくなった私を見て侍女が騒ぐ前に、あの人は部屋をすぐ手配してくれたの。私が媚薬を飲まされたことに気付いたのね。私が倒れたことを知られないように、侍女に手紙を持たせて、陛下に届けさせた。私が何事もなく屋敷に帰ったように装ったのよ。人払いした部屋に通されて、手足を縛られ口に布を巻かれて。『申し訳ないが、このまま耐えてもらうしかない。誰もこの部屋には入れないから、それだけは安心してほしい』って薄暗い部屋のベッドに寝かされて、一人で苦しんだわ。薬が抜けるまでの間、誰でもいいから助けてほしいって暴れて叫んだ」

あの苦しみをお母様は一人で耐えたということ？　信じられない。

兄様がいてくれても苦しかったのに、誰も助けてくれない状況で、一人で耐えるなんて。

自分自身が手足を縛られ、口に布を巻かれた状態を想像しても、そのつらさまでは推し量れなかった。

「苦しみ続けて、目が覚めたら三日が経っていた。あとから聞いたら、丸一日近く苦しんで、気を失って二日も寝ていたらしいわ。その間中ずっと、あの人は部屋の前で寝ずの番をしていたそうなの。その部屋に行く通路は人払いしてあったそうなのだけど、万が一があってはいけないと見張っていたんですって。他の者に任せたら、どこから秘密が漏れるかわからないでしょう？　おそらく私に傷がつかないように配慮してくれたのね」

お父様とお母様の出会いがそんなだったなんて……私は唖然としながらお母様を見る。

「公爵邸には無事に戻ったけれど、あのときの苦しみが忘れられなくて。王宮に行くどころか、外に出るのも怖くなってしまったの。結果として何もなかったとはいえ、媚薬を飲まされたことがどこから知られてしまうかわからない。飲ませたのがデイジー様なら、必ず醜聞を流されるでしょう？　みんなにどんな目で見られるか想像したら、ゾッとして……。他家で出されるお茶も怖くて飲めなくなった。まともに社交界に出られなくなって、もう婚約者にはなれませんってお父様に泣きついて。そんな状態だったから、お父様も私を王妃にするのは無理だってあきらめてくれた」

私は今まで知らなかったお母様のことに、驚きを隠せなかった。

お母様にそんな過去があったなんて。

だから、お母様はほとんど外に出ることがなかったのだ。無理もないだろう。

「家に閉じこもるようになって数か月した頃、デイジー様が婚約者になったことを知ったの。悔しいという気持ちよりも、もう忘れたかった。陛下のことも婚約者候補の話も王宮での出来事も。そんなときに突然あなたのお父様が屋敷を訪ねてきて、私との婚約を申し込んできたの。社交ができなくてもいいって。私は悩んだわ。でも、私を誠実に守ってくれたあの人なら信頼できる気がして、婚約を受け入れた。あの人は忙しいから結婚するまでに数回しか会えなかったし、結婚しても全然帰ってこなくて仕事ばかりですけどね。王妃になれなくてよかったと、今は思っているのよ」

私は、しばらく何も言えなかった。

幼い頃、一度お父様にお母様との出会いを聞いたことがあったけど、「お見合いみたいなものだよ」って誤魔化された。

今なら、お父様が私に話せなかった理由もわかる。

子どもには媚薬（びやく）なんて言えないし、そもそも言ってもわからない。……いや、今だって話せるような内容じゃないだろうけれど。

お母様が自分で話さなければ、私が知ることはなかったと思う。

呆然とする私に、お母様はきゅっとくちびるを引き結ぶ。

「私が人に会うのが苦手になってしまったせいで、ミレーヌを育てるのも人任せになってしまっていたわ。言い訳になってしまうけど、ケヴィンがいれば大丈夫かしらって。それなのに五年前に王子の婚約者になったと聞いて……あのときの王宮での記憶が戻って、目の前が真っ暗になったわ。あなたも同じような目に遭うんじゃないか、デイジー様に何かされるんじゃないかって。でも、今更、どう心配していいかわからなかった。痩せていくあなたを見ても、どうしていいかわからなかったの。ごめんなさい、ミレーヌ。今までつらかったでしょう」

ぼろぼろと泣き始めてしまったお母様につられて、私も涙が止まらなくなる。

お母様がこんなにつらい思いでいたなんて、知らなかった。

確かにお母様は何もしてくれなかったけど、それでもこんなに私のことを心配してくれていた。

それだけで、もういいと思えた。

「いいの……もう大丈夫です、お母様」

ほとんど声に出せていなかったけれど、お母様には聞こえたようだ。

二人でうんうん言いながら、泣いて泣いて。

心配したジャンとレナが、濡らした布と冷たい飲み物を持って飛び込んでくるまで、私たちはなぐさめ合うように、抱き合って泣き続けた。

◆

俺――ケヴィンはミレーヌに見送られて公爵邸を出たあと、兄上たちと王妃の処分についての話し合いを終え、かつて生活していた王弟宮へ来ていた。

王弟宮の書庫から必要なものを探し出し、学園に向かう。

あらかじめ手紙で説明していたこともあって、学園長との話はすぐに終わった。

渡すものを渡し、あとで連絡をもらえるように頼んで帰る。

何も言わなくても馬車に乗れば、御者（ぎょしゃ）は公爵邸に向かう。

公爵邸が帰る場所になったことを実感して、笑いたくなった。

これほどの幸せがあるとは、思っていなかった。

俺は七歳の頃からずっと、王宮から、学園から、数えきれないほど公爵家に向かった。

無理にでも時間を作って、数日に一回の頻度で。

そのうち王子教育や学園の課題をするようになって、忙しくて時間が足りなくなったけれど、ミレーヌと離れるのが惜（お）しくて彼女をひざに乗せたまま教本を読んでいた。

ミレーヌは、最初はおとなしく自分で本を読んでいた。

やがて俺があまりかまえないことに寂しくなったのか、ミレーヌは俺が持っている課題を読んで聞かせるようにせがんだ。

全部を読んでやる時間はなかったから、重要なところだけをかいつまんで、ミレーヌにもわかるように噛み砕いて説明してやった。

わからないところを素直に聞いてくるのが可愛くて、どんなことでも全部答えてやりたいと思った。

そうしているうちに、ミレーヌに読んで聞かせるために重要な部分だけをまとめる力がついた。

七歳も年下のミレーヌがわかるように、難しいことを端的に説明できるようになり、物事の本質を理解できるようになった。

すべてミレーヌのためだったが、結果として、俺は王子教育でも学園教育でも優秀な成績を残した。

……そのせいで次期国王にと期待する声が出て、よけいにミレーヌとの結婚を遠ざけてしまったのだが。

当時は何をしてもうまくいかない気がしていた。

実際に、努力すればするだけ、ミレーヌとの未来が消えていった。

だが、あの頃の苦労がこんな形で報われる日がくるとはな……

俺は思わず、頬を緩ませた。

学園長に渡したのは、ミレーヌが俺と一緒にやっていた課題だ。それは、ミレーヌが残り二年学園に通って、やるはずのものだ。

王子妃教育と王子の仕事のせいで、ミレーヌはほとんど学園に通えていない。授業に出ていたのは入学して最初の一年、レオナルドが十五歳になるまでの短い期間だけだった。

二年目からは、課題を出して試験を受けるだけになっていたと聞いた。優秀なミレーヌだからこそできた特例措置だったようだ。

ミレーヌは王子妃教育や王子の仕事がなくなった今、普通に学園に通うこともできる。だけどレオナルドやその恋人が通う学園に行かせるのは、俺が嫌だった。他学年とは交流しないとはわかっていても、ミレーヌが嫌な思いをするかもしれない。

先日ミレーヌに学園に通いたいか聞いたところ、もともと課題だけ受け取りに行っていたため、卒業はしたいが学園生活自体には興味がないと言っていた。

それなら今後も学園には通わずに課題だけ出せば卒業できるように掛け合えないかと考え、思い出したのが俺と一緒に終わらせた課題だ。

学園の課題の内容は数年で変わるようなものではない。もしかしたらその課題を提出すれば評価されるのではないかと思ったのだ。

ミレーヌとやった課題は、すべて捨てずに保管している。すぐさま王弟宮の書庫から探し出して見直したところ、学園入学前に解いたとは思えないほど完璧にできていた。それを学園に提出することにした。問題なく評価されれば、来週にでも卒業できるはずだ。

結婚するまでの一年は、今まで忙しかった分、のんびり過ごせばいい。

五年ぶりにミレーヌに再会したとき、少しふっくらしていた身体がやつれていることよりも、人形のように表情が抜け落ちていることに衝撃を受けた。

小さいころのミレーヌはお転婆で、少しもじっとしていないような子だった。今考えればミレーヌも魔力を持っているから、幼い頃はまだ体内に流れるそれをうまく制御できなかったのだろう。

だけど、俺に会うたびにうれしそうに笑って抱きついてくるミレーヌが好きだった。それが淑女としては褒められた行動ではなくても。

俺が帰国して公爵家で過ごすようになって、ようやく甘えられるようになってきたのか、少しずつ元のミレーヌに戻ってきている。

人前で公爵令嬢として振る舞うのは仕方ないにしても、俺の前だけは隠さないで笑う顔や驚く顔を見せてくれたらいいと思う。

これからは四六時中一緒にいられる。それを知ったら、ミレーヌはどんな顔をするだろう。

笑みをこらえきれずにいると、すぐに公爵邸の前で馬車が停まる。

屋敷に入ると、ミレーヌとマリーナ様が目を赤く腫らしていた。

ジャンとレナの顔を見る限り、母娘の会話はうまくいったようだ。

マリーナ様は俺と挨拶すると、さっと部屋に戻っていった。淑女として泣き腫らした顔を見せるべきではないといったところか……

ミレーヌは真っ赤な目を俺に見られることをを気にしながらも、俺に甘えたい気持ちのほうが大きいようだ。久しぶりに日中いなかったせいもあるのだろう。

いつものようにひざに乗せると、ぎゅっと抱きついてきた。

そんなミレーヌに微笑みながら、お互いに何があったのか、どんな話をしたのかを報告し合う。

マリーナ様の話を聞いて、いろいろと納得できた。

どうしてマリーナ様が家に閉じこもり、子育てに関わっていなかったのか。それについて宰相が何も言わない理由も。

俺は、顔をしかめることしかできなかった。

王妃の横暴さは知っているし、王妃候補を選ぶときに嫌がらせをしたという話は知っていた。

だがここまでひどいことをしていたとは知らなかった。

おそらくミレーヌとマリーナ様がやつれていた時期に宰相が何もしなかったのも、王妃が関わっていることだから、何もできなかったのだろう。

そして、今日の王妃の処分にも納得がいった。

俺は、離宮に行く前に兄上の執務室で聞いた、王妃の処分を思い出す。

王妃のしたことは許されないことだが、彼女は国母である。彼女の王族の身分を剥奪すれば、レオナルドの立場が危うい。

そのため、表向きでは王妃は体調不良のため空気のよい王都から離れた王領で療養するとし、本来の処分の内容としては王都に来られないほど離れた地での軟禁とした。

それに加え、また王族に危害を加えることのないよう、拘束薬——飲むと無気力になる薬を投与し続けられることになった。

ミレーヌにそれを伝えると、不満はなかったようで静かにうなずく。

俺はミレーヌの頭をなでながら、今朝(けさ)の宰相の顔を思い出して思わず苦笑する。

王妃の処分を重鎮たちと話し合ったとき、軟禁は満場一致だったが、拘束薬の投与についてはやりすぎではないかという反対派が数人いた。

だが、宰相は最初から拘束薬を使用することを適切な処分と判断し、ありとあらゆる前例をかき集めて、反対派を黙らせた。

妻と娘を傷つけられたのだ、そのくらいの報復は許されてもいいだろう。

おそらくそれが宰相なりの仕返しだということに気がついたのは俺だけだから、黙っておけば済む話だ。

俺としても、本当はそれ以上の報復をしてやりたいくらいだしな。

そう思いつつミレーヌを見下ろすと、安心したように俺の胸に顔をすりつけている。

学園の卒業の話は、結果が来てからでいいか。

今日は疲れたし、ミレーヌとゆっくりくつろいでいたい。

この上ない幸せを噛みしめながら、俺はミレーヌを強く抱き寄せた。

間章　隣国にて

「今日も会えなかった」

出てきたばかりの魔術研究所を見上げて、私――レガール国の第一王女、マーガレットは思わずため息をこぼす。

この研究所に所属しているケヴィン様に会えなくなって、一か月も過ぎた。

避けられているのは知っているけど、こんなに会わせてもらえないなんて今までなかった。

仮にも王女なのに、ここでは権力が役に立たない。

この国一番といわれるこの魔術研究所は、昔からあるわけではなかった。

十数年前に突如として現れた、魔女オリヴィア様と彼女の魔術研究所。

こんなに大きな研究所をすぐに用意できるのは、どう考えても背後に貴族がついている。

その貴族が誰なのかはわからず、オリヴィア様の経歴は謎に満ちていた。

だが、魔術で発展してきたこの国で、けた違いの魔力を持ち、どんな魔術でも使える者――通称魔女は昔から敬われる立場だ。オリヴィア様も他の魔女同様、国民に信頼を得て研究をしている。

この研究所は魔術の研究の他に魔力の遺伝、魔力のない者でも使える魔術具の研究がされている。

私はオリヴィア様の研究所を知ってから、すぐに彼女に興味を持った。

王族でありながら魔力のない私にとって、魔術具の発明は画期的だった。他にそれができた魔女はいない。

もしかすると、魔力のない私でも魔力を得る手段をオリヴィア様は知っているのかもしれない。

そう思った私はオリヴィア様に会いたいと申し込んだが、数年断られ続けた。人と会う時間があったら研究したいそうだ。

それでもあきらめずに面会を申し込んで、四年前になってようやく会うことができた。

オリヴィア様はフードをしっかりと被（かぶ）っていたので、外見はわからなかった。声から想像する限り、老女ではあるのだろう。

魔力を持たずに生まれてきた者が、あとから魔力を手に入れることはできないのかと相談したけれど、その手段はないと断言されてしまった。

けれど、オリヴィア様は私の話をしっかり聞いてくれて、王宮内で使いやすい魔術具の研究をしてくれることになり、新しい魔術具を試すごとに感想を伝えに行くことになった。

ある日いつものように面会に行くと、魔術研究所に入ってすぐ怒鳴り声が聞こえた。

見ると、貴族らしい男がオリヴィア様に会わせろと怒鳴っていた。

魔術具に関してはいろんな利権が絡んでいることもあって、オリヴィア様に会いたがる貴族は多い。だが、王女である私ですら最初は面会を断られている。貴族だというだけでは会ってもらえないだろう。

王女としてたしなめたほうがいいのか、口を出すとよけいにまずいのか悩んでいると、一人の男性が現れた。

長身の彼が歩く姿を見ただけで、高貴な生まれであるのがわかった。フードを被っていたが横顔が見えて、その切れ長の碧眼と通った鼻筋、冷たそうなくちびるに見とれてしまう。

そのとき、冷気を感じた。彼が出す冷気は渦を巻き、こちらまで伝わってきた。

彼の周りだけ、うっすらと空気の色が違うように見えた。

どうやら魔力を持つ人らしい。それも、私とは距離があるのにもかかわらず、感じられるほどの魔力……

魔女でもないのに、これほど魔力を持つ人がいるとは信じられなかった。

貴族があっけなく追い返されたあと、話しかけようか迷っている間に、その人は消えてしまっていた。

私は知らなかったが、彼は押しかけてきた貴族を追い返すことで有名だったようだ。

ルールニー王国王弟、ケヴィン・ルールニー。

他国の王族、しかも王弟ならば、この国の貴族でも失礼なことはできない。

誰もオリヴィア様に無理強い（むりじ）できないように、護衛のような役割をしているそうだ。

ルールニー王国の王弟といえば、悲劇の令嬢が産んだ王子だとこの国でも知られている。

ルールニーの王太后が男子を産んだあと子どもに恵まれず、先王は第二妃を娶（めと）ることになった。

しかし、王太后と先王が長年相思相愛であったことから、ルールニー王国内で娘を差し出す家は見つからなかった。

その結果、当時ルールニー王国に借りがあった我が国で第二妃を選ぶ運びとなり、美しさで有名だった侯爵令嬢が嫁ぐことになった。

だが、第二妃が男子を産んで喜んだのもつかの間、出産時の魔力調整ができなかったことにより体調を崩し、彼女は亡くなってしまう。

出産時に魔力調整が必要になることはあまりない。ルールニー王国で対応できなかったのは仕方がないが、おそらくレガール国で出産できていれば亡くなるようなことはなかった。

それゆえに、彼女は悲劇の令嬢と呼ばれ、生家の侯爵家はルールニー王国へ嫁ぐよう王命を出した国王に怒り、今も領地から出てこようとしない。

その第二妃が産んだ王弟。なぜ彼が魔術研究所で護衛などしているのだろうか。

王宮での噂によると、彼はルールニー王国を追い出されたと聞いた。彼の兄である現国王に王子が生まれたため、もういらなくなったと。

半ば無理やり第二妃を娶ってまで産ませたのに、いらなくなったら追い出すのか。

私は不遇な彼が自分にとても近い存在に思えて、気になって仕方なかった。

私のお祖母様は魔女だ。

『美しき魔女』と呼ばれたお祖母様とそっくりな黒髪黒目の容姿で生まれ、魔力を期待されていたのに、私にはそれがなかった。

お父様はもちろん、お祖父様やお祖母様もがっかりしたらしい。陰で『出来損ない王女』『偽魔女』と呼ばれているのも知っている。

その後、五歳離れた妹が生まれたが、彼女にも魔力がなかった。

私はほっとしていた。生まれた子どもが私と同じく魔力がなく、男子でなかったことに。

たとえ魔力がなかったとしても生まれたのが王子なら、私はすぐにいらないものとされただろう。

側妃を求める声もあったそうだが、今のところお父様の妻は王妃であるお母様だけだ。

お父様の子どもは私と妹しかいないため、おそらく私が女王になる。

この国はずっと魔力で結界を張り、他国からの侵攻を防いでいる。その結界を維持するためには国を治める者の魔力が必要だ。それも膨大な。

魔力のない私が女王となるには、私の代わりができる魔力の強い人を王配にしなければならない。

あの人なら、王配になれるんじゃないだろうか。

周りに冷気をまとわせるほどの魔力量。いらなくなったルールニーの王弟。

私なら、国王にはさせてあげられないけど、王配にならできる。

魔力のない女王より魔力の強い王配のほうが、この国では力を持てるだろう。彼にも損はないはずだ。

そう思って何度か王配になるように打診したが、はっきりと断られた。兄である国王のために、いつかは帰国するつもりだと。

自分を捨てた国になぜそんなにしがみつこうとするのかわからなかった。オリヴィア様に聞いても、理由は答えてもらえなかった。

王宮内では、私がケヴィン様に結婚の打診をしていることを知っている者は何人かいたが、魔力を持たない私が魔力の強い彼を望んでいることに、反対する者は誰もいなかった。

だが、側近候補の貴族たちが業を煮やして、私とケヴィン様の婚約の噂を流しているのは知らなかった。気付いたときにはもう遅く、国中の貴族が知っているような状態だった。

無理やり婚約させるようなことをするつもりなんてなかったのに。

その噂を聞いたのか、ケヴィン様には避けられ続け、今に至る。

あきらめたくないし、また次の面会時にオリヴィア様に聞いてみよう。

そう思いつつ王宮に帰ったら、お父様に呼び出された。

「お前が婚約したがっていたケヴィン殿だが、ルールニー王国で婚約したそうだぞ。なんでも王命で第一王子と筆頭公爵家のコンコード公爵令嬢の婚約を解消させ、その令嬢とケヴィン殿を婚約させたようだ。一人娘で公爵家を継ぐ者がいないからと、ケヴィン殿に継がせることにしたらしいぞ」

私はお父様の話を聞いて、驚きと怒りを抑えきれなかった。

なんてことを。いらなくなったと捨てて、また拾うような真似をするなんて。

この一か月の間に何度も会いに行ったのに、すべて面会は断られていた。

まさかルールニー王国に帰っていたとは。もしかして無理やり連れ帰られたのだろうか。

あまりにも彼の扱いがひどすぎて、どうしても許せなかった。

「お父様、お願いがあります。ルールニー王国に行かせてください」

さすがにお父様はいい顔をしなかった。しかし、ケヴィン様がルールニー王国を追い出されてレガール国へ来たこと、おそらく無理やりに帰されたことを言うと、考えを変えたようだった。

「もし、そうならばやり方がある。ケヴィン殿本人にコンコード公爵の令嬢との婚約の意思がなく、お前との結婚を望んでいるのなら、彼の母のことを持ち出して彼を返してもらおう。あのことがあって、侯爵家の人間は領地から出てきてくれんからな。こちらが痛手を負っているのだ、少しは無理を言えるだろう。宰相、情報はあるか？」

「はい、聞いたところ、ケヴィン殿は七歳まで、コンコード公爵家に預けられていたそうです。コンコード公爵令嬢が十三歳でレオナルド王子と婚約すると、そのあとすぐにケヴィン殿は我が国に来ています。おそらく公爵令嬢が王子妃になるので、ケヴィン殿が邪魔になったのでしょう。だが跡取りの目途がたたなくなり、ケヴィン殿を戻したということかと。ケヴィン殿は育ての親である公爵に逆らえないのかもしれませんね」

宰相の言葉を聞いて、私は拳を握りしめた。

王の子なのに公爵家で育てられた上に、令嬢が他の王子と婚約したら隣国へ遠ざけ、また必要になったからと無理やり帰国させて結婚させようとするなんて、許せない！

お父様は一度うなずくと、宰相に尋ねる。

「そのコンコード公爵とはどういう人物なんだ？」

「はい、公爵はルールニー王国の先代王弟の息子で、今の国王の従弟になります。外見は国王とそっくりですが、とても頭の切れる人物で宰相をしています。ルールニー王国は国王ではなく、宰相が動かしているという話もあるくらいですね」

やはり宰相は権力にこだわる人物のようだ。ケヴィン様を使って、名実ともに実権を握る気に違いない。

ケヴィン様を連れて帰ってくるには、公爵をなんとかしなければ……

私は眉根を寄せながら、宰相に問う。

「その公爵家の令嬢はどんな感じなの？」

「ルールニー王国の学園では成績優秀者の表彰をされています。文官からの評価は高く、とても優秀な令嬢がいるという評判が近隣諸国にも届いているほどです。この才能は父親の宰相ゆずりでしょう。しかし、外見は地味。性格も親切で優しいといえば聞こえがいいですが、言われた通りに動く人形のようだそうです。なんでも『女官姫』と呼ばれているそうですよ」

『女官姫』……そんな人がケヴィン様の婚約者に。

私は決意して、お父様を見つめた。

「では、その公爵家の令嬢に近づきましょう。自分がケヴィン様にふさわしくないとわかったら身を引くかもしれません。王女である私のほうが身分も上です。私が現れれば、そんなに女性としての魅力に乏しいのならあきらめてくれるでしょう」

「令嬢に近づく、ですか。確か王女とは年齢が一緒でした。ルールニー王国に留学という形で行き、学園に通うのはどうでしょうか。コンコード公爵令嬢も通っているはずです。我が国の魔術師学校は十八歳までですが、ルールニー王国の学園は二十歳までだそ

うですので。マーガレット様は魔術師学校にも通っていませんでしたから、学園という
ものを経験したいと言えば、あちらも断らないでしょう」
宰相の返事を聞いて、私はうなずく。作戦は決まった。
ルールニー王国の学園に留学し、コンコード公爵令嬢に近づく。
おそらく近くにケヴィン様がいるだろうから、彼と私が一緒にいる姿を見せて、令嬢
のほうから婚約をあきらめてもらう。
同時にケヴィン様の意思を確認し、我が国に戻ることを表明してもらう。
あとは国王同士の話し合いで決着をつける。
可哀想なケヴィン様……すぐに助けに行かなければ。

◆

「隣国の王女が留学を希望してるだと？」
ルールニー王国の王宮の執務室で眉をひそめた国王に、宰相であるコンコード公爵も
渋い顔でうなずいた。
「はい、書簡が届きました。正式なものですね。隣国にはこの国でいう学園に代わる魔

術師学校というものがあります。魔力があれば身分を問わず通えるのですが、王女は魔力がないため通えなかったそうです。そのため、将来女王になる身として年の近い者たちと交流し、学生生活を経験したいと。学園に編入するにあたって、高位貴族の令嬢を学友として希望しています。おそらくミレーヌをつけろと言ってくるでしょう」

「ふむ。どうしようか。とりあえずケヴィンを呼んで検討してから返事をしよう」

国王は当たり障（さわ）りない答えを返したつもりだったが、コンコード公爵の表情は暗いままだ。

「それが……返事を待たずにこちらに来る準備を始めているようですよ。一週間後にはもう来る予定とのことです。留学中は王宮に滞在したいそうなので、部屋は用意させますが……」

あまりにも突然な話に、国王も唖然としてしまう。

「これは……揉めるだろうな」

「でしょうね」

二人は顔を見合わせ、ため息をつくことしかできなかった。

第三章

王妃様の処分が決まって、一週間が経った。

今日はなぜかケヴィン兄様だけでなく私も王宮に呼び出されたので、謁見室に訪れている。

はぁぁと、陛下とお父様がため息をそろえながら切り出された話に、とても驚いてしまった。

まさか、兄様を王配に望んでいた隣国の王女様が留学しに来て学園に通い、私を学友にしたいだなんて。

すでに私と兄様が婚約したことは知っているはずなのに、どうする気なんだろう。

話を聞いている間にどんどん顔を険しくしていた兄様が、少し慌てたように口を開く。

「兄上、ミレーヌはもう学園を卒業しているんだ」

「えっ。聞いてないんだけど⁉」

兄様はお父様に言ってなかったようで、お父様は目を丸くしている。

公爵邸に帰ってこないお父様が悪い気もするけど、私も伝えるほどのことではないと何も言わずにいた。

私自身は王妃様の処分が決まった日の夜に兄様にそのことを聞いて、了承済みだ。

「実は、ミレーヌは最終学年までの課題をすでに終えているんだ。俺が学園に通っていた頃に、ミレーヌは俺と一緒に勉強し、俺がやっていたのと同じ課題をこなしていて……俺はその課題をとっておいていたんだ。それを先週学園長に提出したら、今後の課題をこなさなくとも試験に合格すれば卒業を認めると言われ、ミレーヌが受けに行った。昨日その結果の連絡があり、卒業を認定すると……」

お父様に言ってなかったことが後ろめたいのか、兄様はめずらしく歯切れが悪い。こんなことでお父様は怒らないと思うけど……

「最終学年まで終わった……？」

「ケヴィンが学園に通っていた頃に……？」

理解できないって顔をしている、陛下とお父様。

私も最初に聞いたときに理解できなかったので気持ちはわかる。

確かに私は小さい頃に兄様と課題をしていたけれど、もう何年も前の課題が残っていたのにも驚いたし、それを評価されて卒業できたことにも驚いた。

「……ケヴィン、お前は入学前のミレーヌに何をさせていたんだ。どうりでミレーヌの入学後の成績が異常によかったわけだよ。勉強を教えていたお前がいなくなってからどうやって成績を維持しているのかと思っていたのだが、もうすでに全部の課題を終わらせていたとは……」

なんとか状況を理解したらしいお父様は、私に確認するように聞く。

「ようやく王子妃教育から解放されて、自由に学園に通えるようになったのに、ミレーヌはそれでいいのか？」

「はい。学園といっても高位貴族の令嬢が少ないせいか、私はいつも一人でいまして……他の令嬢と交流することはなく、課題を提出するためだけに行ってました。今から通っても、新しくお友達を作るのは難しいでしょう。王子様の元婚約者で王弟殿下の婚約者ですし、遠巻きにされるに違いありません。入学してから一年間だけ受けた授業も、それほど楽しくなかったですし……」

学園が楽しくなかったことまで伝えなくてよかったのかもしれないけれど、兄様が無理やり卒業扱いにしたと誤解されて、学園に戻れと言われても困る。

「……という理由もあるし、レオナルドの恋人の件もある。他学年との交流は禁じられてはいるけど、安心できないんだ。宰相に許可をとるのを忘れていたのは悪かったけど、もう卒業させてしまったし、隣国の王女の申し出を断る理由もできてよかったと思うんだけど」

兄様がそう言うと、陛下はうーんと唸（うな）った。

「卒業してしまったのなら、それはもう仕方ない。それで、王女の件はどうしたら……」

「あの、王女様はもう自国での教育は終わっているんですよね？」

私が聞くと、陛下は首を縦に振った。

「魔術師学校には通えなかったから、家庭教師がついていたようだ。成績はなかなか優秀らしいぞ」

卒業した私が学園についていくことはできない。

高位貴族なら侯爵令嬢がいるが、もっと適当な人物がいるではないか。

「それでは、王女は一つ上の学年に編入させ、レオナルド様と通わせてはいかがでしょう。王宮から一緒に通えますし、護衛にも不安がありません。令嬢ではないですが、学園にいる間だけであれば常に人の目がありますし、まずいことは起こらないでしょう。ともに王となる者同士、交流するのは悪くないと思います」

外交の関係もある以上、王族同士で学園に通うことに異議がある者はいないだろう。

私の言葉に、兄様も同意してくれる。

「宰相、俺もその意見に賛成だ。最近のレオナルドはしっかりしているし、任せても大丈夫だろう」

兄様からも保証されたことで、陛下とお父様も納得してくれた。

「ミレーヌ、学園には同行できないとはいえ、王女は年の近い話し相手の令嬢がいたほうが心強いだろう。相手が相手ではあるが、外交の都合上無下にはできない。こう言うのも心苦しいが、お茶会などをしてもらうことになるかもしれない。そのときはよろしく頼む」

陛下に頭を下げられて、私は静かに首肯した。それは致し方ない。

隣国の王女がどういうつもりで留学してくるのかはわからない。

おそらく狙いは兄様だから、簡単にあきらめてくれたら問題ないのだけれど。

帰りの馬車の中、隣国の王女様のことが気になって兄様に尋ねてみた。

「隣国の王女様はどんな方なのですか？」

「王女の話をする前に、話しておきたいことがいくつかあるんだ。陛下と宰相から話していいと許可が出たから。長い話になるけど……隣国の先代国王の時代の話になる」

兄様は馬車の揺れで私が席から落ちないように腰を抱いて支えてくれながら、話し始める。

「レガール国の先王がまだ第一王子だった頃、オリヴィア様は婚約者だった」

「えっ。お祖母様は平民出身だったのでは？」

　私は思わず声をあげた。私のお祖父様はルールニーの先王の弟だけれど、お祖母様は平民だと聞いていた。

「オリヴィア様の本当の名前はオリヴィア・オーガスト。隣国のオーガスト公爵家の長女なんだ。銀色の髪と紫色の瞳を持ち、『宝石姫』と呼ばれていたそうだよ。ミレーヌのその紫の瞳もオーガスト公爵家の遺伝だね」

　私の紫色の瞳は、お祖母様に似ていると言われてきた。夜会のときに兄様が贈ってくれた紫水晶は、それに合わせてくれたのかもしれない。あれはとても素敵だった。

「オリヴィア様とレガールの先王は幼い頃から婚約していて、魔術師学校も一緒の学年で通っていた。二人が最終学年になった頃、先王は一人の平民の学生と出会った。のちに王妃になる、『美しき魔女』と呼ばれる学生に。彼女は他の学生の何倍もの魔力量を持っていた。そして何よりも黒髪に黒目の妖艶な容姿に惚れたらしい。先王はどうしても『美しき魔女』と結婚したくなった。でも公爵家は婚約解消を認めなかった」

　兄様の話に、私はうなずく。私も婚約解消された身だが、普通一度交わされた婚約はそう簡単に覆せない。

「それで、先王は卒業を祝う夜会が王宮で行われたときに、大勢の貴族たちの前でオリヴィア様に婚約破棄を言い渡した。普通の令嬢なら、そんなことをされれば泣き崩れるか怒るかだろう。しかしオリヴィア様は違った。笑顔で了承すると、『では旅に出ます』と言って出ていってしまったらしい。彼女はもともと好きなだけ魔術の研究をして、一生を過ごしたいと思っていたんだ」

「お祖母様……そういう方だったんですね……」

ほとんど記憶にないが、お祖母様がそんな人だったことを知らされて驚いてしまう。

「ちょうどそのとき、王弟だった先代のコンコード公爵は外遊中でレガール国の王宮に滞在していた。招待された夜会で婚約破棄の現場に居合わせたんだけど、旅に出るといったオリヴィア様を面白がって、一緒についていったそうだよ」

「お祖父様まで……」

お祖父様の記憶もあまりないけど、そういえばお父様はよくお祖父様に振り回されていたって聞いたことがある。

「一緒に旅をしているうちに意気投合して、子どもができたから帰国したらしい。そのときにミレーヌのお祖父様が家を継ぐことになったんだが、一つ問題があった。ルールニーの先王よりも王弟だったお祖父様のほうが優秀だったため、レガール国の公爵令嬢を娶（めと）って権力を持てば、王位に擁立（ようりつ）される可能性があったことだ。彼は王座につく気も覚悟もまったくなかったし、オリヴィア様も婚約破棄を喜んでいたのに、ルールニー王国に来てまで王妃にさせられるのが嫌だった。それで先王との話し合いの末、オリヴィア様は旅先で出会った平民だということにした」

王弟に平民が嫁ぐなんて普通ではありえない。それによってお祖父様の評価はものすごく下がったに違いない。

「そうしてレガール国の先王と『美しき魔女』との間には現国王が生まれたが、魔力の量は平凡だった。その上、孫である現王女には二人とも魔力がない。オリヴィア様は、それを自分が婚約破棄を受け入れたせいだと感じたそうだよ。『美しき魔女』の家の他の者は、魔力を一切持っていない。そういう家で突如魔力を持つ者が生まれるケースは稀（まれ）にあるが、次代に魔力を残しにくい。それにオリヴィア様は気付いていた。自分がそれを伝えていたら婚約破棄はなかったことにされ、王女が魔力を持たないことに苦しむこともなかっただろうって」

私は小さくうなずいて、兄様に先を促（うなが）した。

「ミレーヌのお祖父様が亡くなったあとオリヴィア様は隣国に戻った。そしてオーガスト公爵を継いでいる弟にこっそり支援してもらって研究所を作り、魔力の研究を本格的に始めた。表向きは魔術の研究所だが、本当の目的は魔力の遺伝についてと、魔力がない人たちでも使える魔術具の開発だった」

「隣国の王族はみんな、魔力が強いのだと思っていました。王女様には魔力がないのですね」

「『美しき魔女』を娶る前までは、みんな強い魔力を持っていたそうだけどね。レガール国は魔力を基盤としているから、王には魔力が必要なんだ。魔力のないマーガレット王女が女王になるには、魔女並みの魔力を持った王配が必要になる。魔力は女性のほうが強い傾向があるから、そんな貴族令息なんてそういない。それで俺に王配になるように打診がきていたわけ」

「どうして兄様のことがわかったの？」

「俺は隣国でオリヴィア様に魔術を教えてもらいながら、研究所の手伝いや護衛をしていたんだ。オリヴィア様の身分は公にできないから、むこうでも平民扱いで、敬われるべき魔女とはいえ見下している貴族もいるんだよな。三年前のあるときも、オリヴィア様に無理を言う貴族が訪ねてきていて追い払ったのを、王女に見られたらしい。俺の身分や魔力についてもどこかで知ったみたいで、すぐに王配になるように打診されたよ。

俺は何度も断ったんだが、王女は不思議そうな顔をするだけで……あまり人の話を聞いてくれないんだよな。思い込みが激しいっていうか……」

そこで一度言葉を区切り、兄様は苦笑した。

「『出来損ない王女』とか『偽魔女』なんて呼ばれていることには同情するけど、勉学は優秀らしくて容姿も端麗だから、そんなに魔力に固執しなくてもと思うんだけどね。生まれた環境を考えたら、仕方のないことかもしれないけれど」

兄様の話を聞き終えて、私はわずかに目を伏せた。

兄様を王配にしたいという王女様。あきらめて素直に帰ってくればいいけれど、そんなに簡単ではなさそうだ。

隣国との仲を壊すことはできないし、兄様も対応が難しいと考えているんだろう。

馬車から見える景色はとても穏やかだ。

私もこの景色のように暮らしていきたいと願うのに……

思わずため息をつくことしかできなかった。

そして、レガール国の王女マーガレット様がやってきた。

やはり王女側から私をお茶の相手にという指名があったため、彼女がやってきてから数日が経った今日、私は王宮の応接室でマーガレット様と向かい合って座っている。

ケヴィン兄様をあきらめてもらうためにも、今日は気合いを入れて準備して来ていた。

暖かい印象の山吹色のドレスを身にまとい、ふんわりとハーフアップにして、結っていない髪はクルクルに巻いて両肩に遊ばせている。化粧は薄めではあるが、薄桃色の口紅を引いた。

兄様にも可愛いと褒めてもらって、自信を持って臨んでいた。

黒髪黒目のマーガレット王女は、立ち姿だけでも王族だとわかるほどの気品で、とても美しい王女だった。

つやつやしたまっすぐな黒髪や、光を反射してキラキラしている瞳、真っ白な肌に映える赤いくちびる。

女性らしい身体は妖艶にも見えるのに清純な印象が強いのは、真面目そうな表情をしているからだろうか。

こんな美しい王女に王配にと願われたのに、兄様は私を選んでくれた？

私はマーガレット王女を見つめた。

「あ、あなたがコンコード公爵令嬢かしら？　レガール国の第一王女マーガレットよ」

「お会いできて光栄です、第一王女様。コンコード公爵家のミレーヌと申します。学園のことで困ったことがあれば、なんでもおっしゃってくださいね」

にっこり笑って挨拶をすると、なぜか王女には少しだけ怯えたような顔をされた。

「そう……あなたが。会えてうれしいわ。私のことはマーガレットと呼んでくれる？」

「では、マーガレット様と呼ばせていただきますね。私のこともミレーヌとお呼びください」

自己紹介を終えた私たちは女官がお茶の準備をしてくれるのを待つ。

そして私はマーガレット様に必要なことを話す。

学園の説明と言っても、私は最初の一年しか授業に出ていない。そのため、説明するために学園の課題を持ってきていた。

マーガレット様はそれを見て、いくつか質問をしたが、そのほとんどがルールニー王国とレガール国の文化の違いで、学力的には問題なさそうだ。

話が一段落したとき、決意を固めたような顔つきで、マーガレット様が私に尋ねる。

「ミレーヌはケヴィン様と婚約したのよね？　どうしてケヴィン様だったの？　公爵家を継げるなら、他の方でもよかったのよね？」

おそらくマーガレット様は、王命で私と兄様が婚約したと思っているのだろう。

「そうですね、先代王弟の血を引くコンコード公爵家を存続させるためなら、私の相手は兄様でなくてもよかったと思います……ただ、兄様は私が生まれたときにはもう、私と結婚する気だったようですよ？」

ずっと私だけを見ていてくれたんだと思うと、頬が緩んでしまう。

「それは、どういうこと？　ミレーヌが生まれたときには婚約することが決まっていたの？」

驚いた顔を隠せないところを見ると、マーガレット様はかなり素直な性格なのだろう。

話す前はその気品に圧倒されるほどだったのに、今は身分差を感じさせない。

あまり王女らしくないというか……魔力がないせいで虐(しいた)げられているという話は本当かもしれない。

そんなことを思いながら、私は首を横に振る。

「いえ、そうではありません。私も婚約してから聞いたのですけど、兄様は七歳年下の私が生まれたとき、『この子は自分のものにする』と決めたそうです。最初に触(ふ)れたときに、運命の相手だとわかったと言うんです。もちろん私にはそのときの記憶ありませんが、私も物心ついたときには兄様と結婚するって思ってたので、一緒でうれしかったのです」

話しているうちに頬が熱くなっていく。兄様との馴(な)れ初(そ)めを人に話すのは初めてだ。

というよりも、兄様を想っていることを他の人に話すこと自体が初めてだった。

こんなにも恥ずかしくて、うれしいことだとは思っていなかった。

マーガレット様は首をかしげる。

「でも、ミレーヌはレオナルド様と婚約していたのよね？」

「はい。私は陛下とお父様から、国のためにレオナルド様と婚約するように言われました。そしたら、兄様がすねて魔術の修業に行ってしまって……」

「ケヴィン様がすねて？　レガール国に来たのは、ケヴィン様自ら？」

これほどかというほど目を見開くマーガレット様に、私はうなずく。

「ええ。お父様も驚いてました。そんなに私と結婚できないのが嫌だったのか、と。魔術の修業に行ったことは聞いていたのですが、いつ帰ってくるのかわからなくて心配していました。私も私でレオナルド様と婚約したものの、兄様と結婚できないことは悲しかったです。結果的に公爵家を継ぐためという理由でレオナルド様とは婚約解消することになり、兄様はすぐに帰ってきてくれました。五年ぶりに再会したら、すぐに婚約を申し込まれて。兄様はずっと私をあきらめずに想って待っていてくれたそうなんです。私も兄様と結婚したかったので、すぐに承諾しました。あっという間の出来事で驚きましたが……それだけ想われてるとわかってうれしかったです」

途中からマーガレット様の顔色が悪くなっているのには気がついていた。泣きそうなのを見ると胸が痛いけれど、兄様のことはあきらめて帰ってもらわなければいけない。

ここで引き下がってもいいことはないと、気を強く持って話し続けた。どれだけ私と兄様が想い合っているのか、小さい頃からの思い出話をマーガレット様にさんざん聞かせたあと、お茶会はお開きとなった。

そのあと、私はレオナルド様の執務室にいた兄様に迎えに来てもらい、家へ帰った。二人で乗った馬車が公爵邸へと走り出すと、張り詰めていた気持ちが緩む。私は思わず兄様の肩にもたれた。

「恥ずかしかった……」

「うん、お疲れ様。頑張ったみたいだね」

兄様は私の力が抜けていることに気がついて、腰を抱いてくれながら、もう片方の手で頭をなでてくれる。それに甘えるように愚痴をこぼしてしまった。

「お父様があんな指示するから、もう」

今回の作戦は、お父様が「ミレーヌとケヴィンがどれだけ想い合っているか、隠さないでどんどん王女に話してしまいなさい」と言ったことから始まった。

　さすがに媚薬の件は話すわけにはいかないが、概ねそのまま隠さず話した。

　兄様を王配にされたくないから、できる限り頑張ったのだ。

　ニコニコと平然な顔をして兄様との出会いから話すのは、とてつもなく恥ずかしかった……私の顔は、間違いなく真っ赤になっていたと思う。

「俺はうれしかったけどな。王女があきらめるくらい、俺たちが想い合ってるんですって、ミレーヌがはっきり言ってくれたんだろう？　俺もその場で聞きたかったくらいだよ」

　兄様は私がマーガレット様とお茶をしている間、レオナルド様に仕事を教えていて、こちらに顔を出す余裕がなかったのだ。

　やる気になったレオナルド様は優秀な生徒のようで、兄様がなかなか帰してもらえないほど熱心に教えを乞うているらしい。

「兄様はマーガレット様に会わなくてよかったんですか？」

　一応は顔見知りだろうし、王宮内にいるなら挨拶したほうがよかったのでは。

　私がそう聞くと、兄様はわずかに眉をひそめた。

「実は、正式に挨拶を受けた覚えが、ないんだよね」

「えっ」

「彼女、名前も言わずに話しかけてくるから、逃げていたんだよ。ちゃんと話したことがないんだ。それなのに勝手に調べられて、王配にだなんて言い出すもんだから、本当に迷惑だった」

あぁ、なるほど。

それなら兄様が怒っているのも無理はない。名前すら教えてもらっていないのなら、まだ知り合ってもいないことになる。たとえ王宮内で会っても、兄様は挨拶(あいさつ)する気がないのかもしれない。

そんな状態だったとは知らなかったけれど……マーガレット様はそんなに礼儀知らずなのだろうか。

彼女は兄様のことをとても近しく感じているようだった。

兄様が言っていたことが事実なら、マーガレット様は思い込みが激しいというのは本当なのだろう……

私は少しだけ苦笑を浮かべたあと、改めて兄様に向き直る。

「今後も兄様がレオナルド様のところに行くときには、マーガレット様とお茶することになりました。レオナルド様では教えられないというので、マーガレット様は私に課題を教えてほしいと」

「そうか？　今のレオナルドなら教えられそうな気もするが、王子の仕事もあるしな。ミレーヌが嫌じゃなければ任せてもいいか？」

「はい。兄様と一緒に王宮へ行くのも楽しいですし、マーガレット様と話すのも楽しいですよ。とても聡明(そうめい)な方だと思いますし、兄様のことをあきらめてくれるのなら、お友達になれそうな気がします」

そう言ったら、兄様に渋い顔されてしまった。どうやら、私と彼女がお友達になるのが気になるようだ。

そんなにマーガレット様のことが嫌いなのだろうか。

私にはお友達と呼べる令嬢がいないので、なれたらと思ったのだけど。

マーガレット様は恋敵(こいがたき)であるはずの私の話を、真剣に聞いてくれた。

それに、彼女のレガール国の話はとても興味深かった。

留学期間は決められていないとの話だから、マーガレット様は兄様のことをあきらめたら帰ってしまうのかもしれない。

もちろん、兄様のことはあきらめてほしいのだけど、すぐ帰ってしまうのは残念な気がした。兄様のことを抜きで、マーガレット様ともっと話してみたい。

今日は作戦だったとはいえ暗い顔をさせてしまったので、次は笑った顔が見られるといいな。
私はそう思いながら、馬車に揺られたのだった。

間章　隣国の王女の気持ち

私――マーガレットは、馬車から見える景色を楽しんでいた。

ミレーヌとお茶をした翌日から、私は学園に通うことになった。

学園に向かう馬車の向かいの席には、レオナルドが座っている。護衛の都合上、登下校は一緒の馬車でと決められているのだ。

朝が弱いのか、彼は眠そうな顔をしている。

初日は緊張したけれど、一週間も経てば、私たちは敬称を外して呼び合う仲になっていた。

私は彼の顔を見て、ルールルニー王国へ来た日のことを思い出した。

その日は初めて他国に来たこともあって、とても緊張していた。

ルールルニー王国の王宮は、レガール国の王宮とは違ってたくさんの窓があり開放的だ。

私は建物の中から外が見えることに慣れていないので、なんだか落ち着かなかった。

謁見室(えっけんしつ)に入ると、金髪碧眼(へきがん)の体格のいい同じ顔の男性が二人、並んでいた。

陛下と宰相だという割には双子のように似すぎていて驚いたが、従兄弟だと聞いて納得した。

ここにいると思っていたケヴィン様と公爵令嬢がいないことを不思議に思っている私に、紹介されたのは第一王子のレオナルドだった。

背の高い陛下とは違い、私より少し高いくらいの身長に、がっちりとした体形。あまり王子様らしくないなと思ってしまった。ケヴィン様のほうがよっぽど王子様らしい。

そんな失礼なことを思っていたのに、レオナルドはにっこり笑って挨拶してきた。

そして、私は公爵令嬢ではなく、レオナルドと学園に通うことになることを聞いた。

それならここに来た意味はないから断りたかったけれど、陛下からの申し出を無下にするわけにもいかない。

仕方ない、あとで公爵令嬢に会わせてもらえるようにお願いしよう。

そう思っていた私に、レオナルドはこんな申し出をしてきた。

「マーガレット王女。これから学園に毎日一緒に通うわけですが、一つお願いというか提案があるんです。僕には学友と言える存在はいませんでした。マーガレット王女が初めての学友になります。僕はせっかくだから、マーガレット王女と仲良くなりたいです。

友人と呼べるような関係に。この先も両国の王として、付き合い続けていくためにも」

両国の王として。

その言葉が、とてもうれしかった。

私が女王になれるのか、不安しかなかった。大きな魔力を持つ王配が見つからなければ、妹が女王になるのかもしれない。

そんな不安定な立場の私を、彼は王太子と同じように扱ってくれた。

そのことが、私の胸をどうしようもなく高鳴らせたのだ。

レオナルドは王太子になるために日々学んでいるらしく、だいたい執務室にいるそうだ。

迷いなく王太子へとなるべく努力するレオナルドを見てうらやましいと思った。

けれど今日、少しだけ彼の迷いを知ることになった。

学園に着いて王族専用の馬車停め場で降りると、一人の女生徒がレオナルドに話しかけてくる。

「レオナルド様ぁ、どうしてずっと学園に来なかったんですか～。ずっと寂しかったんです。それに、この間の手紙、あれは嘘ですよね？　もう学園で一緒にいられないなんて、どうして……」

女生徒はレオナルドの腕に抱きつこうとしているが、彼はそれをさっとかわして、冷たい声で対応する。

「あのね、もうリンとは一緒にいられないんだ。リンが悪いわけじゃない。僕は国王になるから、リンとは結婚できないんだ。リンは伯爵家の令嬢だから、正妃にしてあげられない。それに、僕は正妃になる人を一生懸命守るって決めたんだ。だから他に恋人を作ることはできない。ごめんね」

「そんなぁ！　正妃じゃなくても、第二妃でもいいんです。レオナルド様の隣にいられるなら、結婚しなくてもいい。お願いです。一緒にいてください！」

「だから、第二妃を娶るつもりはないよ。正妃になる人を僕なりに大事にしようと思うから、もうリンには会えない。声もかけてこないで」

少し離れた場所で二人の様子を見ていると、こちらに向かってきたレオナルドが私の手をとった。

エスコートしてくれるのはうれしいけど、これではまるで私が新しい恋人に見えるのではないだろうか。

不安になって女生徒を見ると、護衛に行く手を阻まれている。それでも彼女は叫んだ。

「なんで！　なんでよ！　ミレーヌ様がいなくなったと思ったのに！　その人が正妃に

なるって言うの！」
　暴れそうな彼女を護衛たちが取り押さえて、一般生徒用の出入り口へと連れていく。
これ以上は危険だと判断したのだろう。
　それでも女生徒への手荒い仕打ちに、少しだけ同情してしまう。
「今の人は恋人？　いいの？　あんな別れ方して」
「いいんだ。僕はもうリンに関わることはできない。どうしたってリンと結婚すること
はできない。リンだって評判が悪くなれば、他家に嫁ぐことができなくなる。そうなら
ないためにも、無理にでも僕から離したほうがいいんだ」
「好きだったんじゃないの？」
「わからない。何もできない自分に嫌気がさしたときに、自分よりできない彼女を見て、
安心していたんだと思う。結局、それは恋じゃなかった。リンには悪いことをしたと思
うけど、もう優しくすべきじゃない。僕は次に婚約者になる人を全力で守りたいし、そ
の人を好きになれたらいいと思うんだ。だから、その人に出会ったときに困らないよう
に努力したい。もう、できない自分から目をそらさない」
　レオナルドとその恋人との間に何があったのかはわからない。
でも、ミレーヌと婚約解消したとしても、誰とでも婚約できるわけではない。レオナ

ルドと結婚する相手は将来の王妃なのだから。

そのために、彼は想いを封じ込めたのだろうか。

つらそうに笑いながらも決意をこめた瞳をするレオナルドに、ケヴィン様を想う私の気持ちが重なって、なんだか仲間意識のようなものを感じた。


それからあっという間に時は経ち、私がルールニー王国に来て早くも二か月が過ぎていた。

この二か月、レオナルドは各地へ視察する際には必ず同行させてくれて、意見を聞いてくれた。

レガール国では王女の発言なんてないに等しかったから、真剣に私の話を聞いてくれたのがうれしかった。

レオナルドの視察は王子教育の一環らしく、日帰りで行ける範囲の領地を回り、問題点があれば改善策をまとめて提出するというものだ。

今回は氾濫しやすい河川の工事をどうするか検討するための視察に来ていた。

私はレオナルドにエスコートされながら馬車から降り、彼に尋ねる。

「川の氾濫はどの程度なの？」

「数年に一度って感じで、氾濫する場所も規模もそのときによって違うから、治水工事をするのが難しいんだ。全体の堤防を高くするには、工事にかかる人員も費用も足りなくなるし……」

堤防の上にあがって見渡そうと、ぬかるんだ道を歩こうとする。

その瞬間滑りそうになって、思わずレオナルドの腕にしがみついた。

「あ、ごめんなさい。この靴が滑りやすくて……」

「あぁ、気がつかなくてごめんね。歩きやすい靴を用意すればよかった。ちょっとだけ、我慢してね」

そう言うとレオナルドは私の背中に手を回し、ひざの後ろに手を入れて、抱き上げる。

「えっ！　ちょっと！」

「うん、ここ滑るから暴れないでね。堤防の上に行ったら下ろすから、すぐだよ」

平然と私を抱き上げて歩くレオナルドに、されるがままになっていた。

人にこんなことをされるなんて初めてで、レオナルドの顔の近さや、触れている胸の熱さが伝わってくるのが、どうしようもなく恥ずかしい。

どうして、この人は平然としていられるの？

そういえば、レオナルドには恋人がいたのを思い出した。意外とこういうことに慣れているのかもしれない。

……なんとなく、イラッとした気持ちになる。

「到着っと」

堤防の上に着いて、ゆっくりと下ろされた。

顔が赤くなっているかもしれない。あまりこっちを見ないでほしい。

そう思って目の前の景色を見ると、長い堤防がどこまでも続いていくようだった。

この堤防を高くして氾濫を防ぎたいのだろう。

だけど、堤防を高くするには費用がかかるし、工事に時間もかかる。氾濫しやすい時期に間に合わないかもしれない。

地図を見て場所を確認してみると、もう少し上流に支流があるのを見つけた。

支流の先は穀倉地帯になっていて、そこに水が引かれているだけの小さな川だった。

「ねぇ、レオナルド。この上流にある川を広げることはできないかしら。穀倉地帯に流れているようだけど、ここって十年に一度くらい干ばつがあるわよね？　広い土地だし、いくつかため池を作っておくことはできない？　川の水が増えたらその池に流れ込むようにしておけば、こっちの川があふれることもなくなるはずだから、この堤防はこの高さのままでも大丈夫だと思うの」

思いついたことを発言した瞬間、レオナルドに抱きしめられていた。

急に後ろから、苦しいくらいぎゅっと。

「すごいよ！　マーガレット！　それなら工事費を減らすことができる！　帰って宰相と文官に提案してみよう！　きっとうまくいくよ！」

「苦しいっ、レオナルド！　苦しいってば！」

「あ、ごめん。うれしくて、つい」

ぱっと離れてくれたけど、さっきまでぎゅうぎゅう抱きしめられていた感触が消えない。

抱き上げられたときも感じたけど、レオナルドにはかなり筋肉がついて男性らしくがっちりしている。

その腕で抱きしめられるのは、嫌じゃなかった。

まだドキドキしてるのは、苦しかったからだと思うけど。

一通り川を見終えたあと、馬車までの帰り道もひょいっと抱き上げられて、そのまま運ばれてしまった。

「重いだろうし、恥ずかしいからやめてよ……」

恥ずかしさのあまり弱々しくなってしまった声で抵抗を試みたけど、レオナルドはにっこり笑う。

「なんで？　マーガレットは軽いし、どこまででも運べるよ？　王宮でもずっと抱き上げて運んでもいいくらいだよ？」

レオナルドには何を言っても、率直な言葉しか返ってこない。

王となる人がこんなに素直で大丈夫なのだろうかと思う。

馬車の中で、少し精神的に疲れて黙っていたら、レオナルドから質問された。

「まだ叔父上（おじうえ）を王配にしたいと思ってる？」

はっとした。この国に来た当初の目的を思い出す。

まっすぐこちらを見るレオナルドの目は真剣で、私も素直に答えるべきだと思った。

「もうそんな気はないわ。ミレーヌは可愛いし、素敵な人だし……ケヴィン様ととても想い合ってることを思い知らされたもの。私ね、わかってたの。ケヴィン様を王配にしたとしても、私が認めてもらえることはないって。あの国では私はどこに行っても魔力がない出来損ないで、なんの役にも立たない。ケヴィン様のことは来て早々にあきらめてた。だけど、帰りたくない。この国の居心地がよすぎて……」

「帰らなければいいじゃないか」

「えっ」

驚いて目を見開いた私に、レオナルドは続ける。

「マーガレットは出来損ないなんかじゃない。こうやって一緒に視察に来たときも、学園で学んでいるときも、君は一生懸命みんなのために役に立とうとしている。努力家で真面目で優しくて、その上可愛くて。この国は魔力なんて必要ないんだ。そのままの君でいい。帰らないでこの国にいることも考えてくれないか？」

帰らないでこの国に居続ける？

それはどういう気持ちで言っているの……？

私は戸惑(とまど)いながら、自分の鼓動だけを聞いていた。


その次の日のことだった。

学園の帰り、二人で馬車停め場へと移動していたときに、先生に呼び止められた。

私だけ課題について補足があるというので、レオナルドには先に行ってもらう。

先生から説明を聞いて、急いで馬車に向かうと、レオナルドが女生徒と話しているのが見えた。

あの女生徒は、前にレオナルドに話しかけていた令嬢だ。

あの日のレオナルドは、彼女を突き放すようなことを言いながらも表情はつらそうで、本当は彼女のところへ行きたいんじゃないのかと思った。

そのときは仲間意識のようなものを感じたのに……今、同じように二人を見たら、胸が痛くなった。

私が近づいているのがわかったのか、女生徒は小走りで去っていく。

その後ろ姿を見送っているようなレオナルドから、目をそむけたくなる。

それでも同じ馬車で帰らなければいけない。隣に行って、聞いてみた。

「あの女生徒、レオナルドの恋人だった子よね？　どうかしたの？」

「うん、嫁ぐことが決まったらしい。三十歳も年上の伯爵の、後妻だって。最後だから、一度だけお茶してほしいって。五日後に学園の特別室を借りたから、お願いって」

「行くの？」

「……最後だからって言われたら、そうだね。年の離れた貴族との結婚なんて、彼女が望んだものじゃないだろう。そうなったのは僕のせいかもしれない。最後に謝ってくるよ」

「そう」

扉が開かれてすぐに、レオナルドの手を借りて馬車に乗る。

馬車が王宮へ着くまで、どちらも口を開かなかった。

第四章

「何かありましたか？」

マーガレット様が何度目かのため息をついたので、思わず聞いてしまった。

今日も私は王宮へ来て、学園から帰ってきたマーガレット様とお茶をしている。

留学で困ったことはないか相談に乗っているはずなのだけど、なんだか反応がおかしい。何を聞いても上の空だ。

初めて会った頃はお互いに警戒していたが、マーガレット様がルールニー王国に来て二か月が経ち、話をするうちに誤解も解けた。

来た当初は兄様目当てだったのだろうけど、今では私と兄様とのことも認めてくれている。

そのため、だんだんお友達として仲良くなり、レオナルド様とケヴィン兄様が執務室にいる間、私も王宮に来てマーガレット様の相談役としてお茶をするのが日課になりつつあった。

だが、こんな様子のマーガレット様は初めて見た。

私が首をかしげていると、彼女はため息をつきつつ答える。

「……ええ。なんていうか、モヤモヤしていて」

「モヤモヤ、ですか？」

「そうなの……ミレーヌ、私こんな気持ちは初めてで、もうどうしていいのか」

大きな黒目がみるみるうちに涙で覆われていく。

これはただごとではないと感じ、マーガレット様の隣へと座り直した。

彼女の両手をとると、冷たくなっている。ずっと握りしめていたのかもしれない。

「ねぇ、マーガレット様。ここには私しかいませんわ。何を聞いても、私の胸の内に秘めておくことができます。そのお顔で外に出れば、他の方にも悩んでいることがわかってしまいます。そうなる前にお話ししてみませんか？」

「いいの？　……私、ミレーヌには迷惑ばかりかけているのに」

「気にしていません。それよりも、マーガレット様が泣いているほうが気になります。話してくださいます？」

そう促すと、マーガレット様はぽつりぽつりと話し出す。その内容に私は驚いた。

レオナルド様とケルドラード伯爵令嬢が最後のお茶会？　学園の特別室で？

「……それを聞いて、なぜか嫌な気持ちになってしまって。三十歳も年上の貴族の後妻にならなければならない女生徒の、最後のお願いなのに」

「それはケルドラード伯爵令嬢が言ったのですか？」

「私は直接聞いてないの。レオナルドがそう言ってたから。レオナルドからは彼女が正妃にできる身分じゃなかったことは聞いているけど、三十歳も年上の貴族の後妻にさせられるなんて、あんまりだわ……」

「あの令嬢は最近まで平民として育ったそうです。伯爵である父親に引き取られたばかりだと聞きました。貴族の正妻として嫁ぐのは難しかったのかもしれません。それで、お茶会がいつなのか知っていますか？」

「五日後と言ってたわ」

五日後に学園の特別室でお茶を……何事もなく済むとは思えなかった。

ケルドラード伯爵令嬢が私に媚薬(びやく)を飲ませたことを、レオナルド様は知らない。だからケルドラード伯爵令嬢に対して警戒心を持っていない。これはまずいかもしれない。

「マーガレット様、行ってみましょう？　私と二人で」

「そのお茶会に？」

目を見開くマーガレット様に、私は大きくうなずく。

「ええ。参加するのではなく、陰から見守りませんか？　何もなければ、そのまま知らない顔で帰ってくればいいのです」

「え？　だって、ミレーヌは卒業しているのに、学園に入れるの？」

「通常は入れませんが、特別室でのお茶会は大丈夫なんです。お茶会なら指導者として卒業生を呼ぶことができます。私がマーガレット様の相談役をしているのは学園の先生もご存じですから、マーガレット様に招待していただく形で、二人で特別室の隣の部屋を借りることが可能です」

私の提案にマーガレット様はうれしそうな顔をしたけれど、すぐにうつむいた。

「……いいのかしら。そんな風にのぞき見して」

「マーガレット様のそのお気持ちがなんなのか、確認するためにも行きましょう？　きっとレオナルド様たちのお茶会を見たら、わかると思います」

じっと目を合わせて力強く言うと、マーガレット様もうなずいてくれた。

彼女の思いは、きっと嫉妬。レオナルド様に好意を持ち始めているのだろう。

だけど王位継承者同士での恋愛はできない。気がついても傷つくだけかもしれない。

それでも、恋心を自覚する前に否定するようなことはしたくなかった。

それに、レオナルド様に何かあったら、媚薬の件を報告しなかった私にも非がある。私が止めなければ。

何もなければいい。祈るようにそう思った。

約束の日、学園への入園許可証をあらかじめ受け取った私は、先に特別室へと向かった。

ケルドラード伯爵令嬢が予約した部屋と、隣り合わせの部屋に入る。

二つの部屋は、お湯を沸かしたり茶器をしまったりしてある控室をはさんでつながっている。それを知っていたので、この部屋を借りておいた。

中に入ってレオナルド様たちが使う部屋をのぞくと、まだ誰もいなかった。

私は少し安堵しながら、マーガレット様がやってくるのを待つ。マーガレット様は授業中なので、終わり次第合流する予定だ。

もちろん兄様にも今回のことは知らせたけれど、いい顔はしなかった。

「俺も一緒に行く」と言われたが、兄様まで来たら騒ぎになりかねない。

公爵家の侍女と護衛を連れてくることで、なんとか許してもらえた。公爵家の者なら口は堅いし、何かあっても対処してくれるだろう。

半刻ほどすると、マーガレット様が部屋に入ってきた。

「待たせたかしら？　レオナルドはまだよ。彼女と待ち合わせしてるって言ってたから、先に帰ると伝えてここに来たの」

「そうですか。では、隣の部屋の準備ができ次第、控室から見守りましょう」

話していると、控室からガサゴソ音がする。

こっそりのぞくと、ケルドラード伯爵令嬢がお湯を沸かしているところだった。

そういえば、お茶の淹れ方が下手だったなと、あのやけにぬるくて苦い紅茶を思い出した。

お茶の味を思い出すと同時にあの苦痛もよみがえって、少し息が苦しくなる。ゆっくりと息を吐いて、なんとか自分を落ち着けた。

もしかして、控室でお茶を入れてから部屋に運ぶのかしら。

そう思って見ていると、茶器に何かを入れようとしている。

それは、小さな瓶の中の液体。

……あぁ、やっぱりそうなんだ。

がっかりする気持ちと納得する気持ちでいっぱいになる。

レオナルド様と話をさせて、様子見することはできないようだ。

ケルドラード伯爵令嬢がお茶を持って部屋に移動するのを確認して、マーガレット様と一緒に控室に行く。

聞き耳を立てると、レオナルド様の声が聞こえた。

「お茶を準備しておいてくれたのか。ありがとう」

「ふふっ。あれから練習して、少しは上手になったと思うの。飲んでみて？」

まずい。

私は控室の扉を開けて、二人がいる部屋の中に入る。

レオナルド様とケルドラード伯爵令嬢が同時に驚いているのがわかった。

二人は小さなテーブルをはさんで椅子に座っていた。

そのテーブルの上、レオナルド様の前には、もうお茶が出されている。

私の後ろではマーガレット様が小さく悲鳴をあげていた。私が何も言わずに部屋に入っていって驚いたのだろう。マーガレット様はそのまま控室に隠れていることにしたようだ。

幸いレオナルド様もケルドラード伯爵令嬢も、控室にいるマーガレット様には気がついていない。

「ミレーヌ、どうしたの？　なんで学園に？」

驚いているレオナルド様には申し訳ないと思うけれど、ここではっきりさせておこう。

レオナルド様からの問いかけには答えずに、ケルドラード伯爵令嬢に話しかける。

「こんにちは、ケルドラード伯爵令嬢。婚約解消のとき以来ですわね？」

「ええ。こんにちは……何か私に文句を言いに来たんですか？　……でも、私もう学園をやめて嫁ぐんです。それでも何か文句があるんですか⁉」

こちらは邪魔されたとわかっているからか、顔色が悪い。

私は畳みかけるようにケルドラード伯爵令嬢に言う。

「ねぇ、このお茶、毒見してもらえますか？　二つとも。王族にお茶を出すのだから、当然でしょう？」

「え？　え？　だって、前はそんなこと言われなかった……」

「それで、前は私が大変な目に遭いました。あの媚薬を入れたのはあなたですね？」

「え？」

ケルドラード伯爵令嬢は呆然としてしまった一方で、レオナルド様が勢いよく立ち上がる。

「ミレーヌ、媚薬ってなんだ⁉」

「あの婚約解消のとき、飲んだお茶には媚薬が入っていました。幸い、兄様が解毒薬を持っていて保護してくれたので助かりましたが、兄様の帰国の日と同じじゃなかったら、どうなっていたかわかりません」

「……どうして僕に何も言わなかったんだ。僕はミレーヌをそんな目に遭わせたくて婚約解消したんじゃない。想い合ってないのに婚約しているのは嫌だっただけだ。そんな……そんな苦しめるつもりなんて……」

婚約解消された相手に媚薬のことを報告するほど、私にも心の余裕がなかった。

王妃様の一件もあってレオナルド様は心を痛めていたから、言うタイミングを逃したのもあるけれど。

私は内心でため息をつきながら、再び口を開く。

「レオナルド様が知らなかったのはわかっています。……ねぇ、ケルドラード伯爵令嬢はわかっていましたよね？　だってあなたが入れた薬ですもの」

「……間違えたのよ」

真っ青な顔で震えながら発された小さな声に、耳を疑った。

「え？」

「レオナルド様へ飲ませようと思って、多分間違えたの！　ミレーヌ様に飲ませても意味ないし、飲ませたのもわかってなかった。レオナルド様が飲んだけど、効かなかったんだと思ってたの！」

「はぁ？」

間違えた？　私に飲ませるつもりじゃなかった？　レオナルド様に飲ませる？　それはそれで大問題なのだけど。

「どうしてレオナルド様に？」

「あの日、急に王宮に連れていかれて、ミレーヌ様に私たちの関係を話すって言われて。ミレーヌ様に怒られて別れさせられるんじゃないかって思って。あの薬はお父様が『何かあったら使いなさい』ってくれたやつ。あれを飲ませてレオナルド様に純潔をもらってもらえば、捨てられないと思って……」

「……レオナルド様と別れないために飲ませたのですか？」

「だって、捨てられたら、平民に戻ったら、宿屋で娼婦になるしかない……そんなの嫌だったから、レオナルド様ならいいかって思って」

捨てられたら宿屋で娼婦？　なんの話？

突然打ち明けられた事情にどうしていいかわからないでいると、レオナルド様が説明してくれた。

「リンはずっと母親と二人で暮らしていた。リンの母親は伯爵家の侍女だったが、伯爵との関係がバレて夫人に追い出され、市井にいたようなんだ。それが急に母親が男と出ていってしまって、実父の伯爵が迎えに来た。それで伯爵家の令嬢として暮らすようになったんだ。でも、別邸でほとんど一人で放っておかれて。リンはずっと伯爵夫人に追い出されるんじゃないかって怖がっていた。だからミレーヌにも同じように思ったんだと思う。正妻が愛人を追い出すんじゃないかって」

ケルドラード伯爵令嬢が私を恐れていたのはわかった。でも……

「媚薬を飲ませようとしたのは、レオナルド様を愛しているからじゃなく？」

「……愛ってよくわかりません。読み書きはできるけど、他は何もできないのに学園に入れられて、誰も話しかけてくれなくて、一人で困ってばかりいた。そんなときにレオナルド様だけは何度も話しかけてくれて、助けてくれたの。だから、レオナルド様がいなくなるのが怖くて……」

ケルドラード伯爵令嬢の言葉に、唖然としてしまう。

そんな理由で？　そう思ってレオナルド様を見るとうなずいている。

「リンから僕に近づいてきたんじゃない。たまたま廊下でぶつかった相手がリンで、リンは僕のことを知らなかった。貴族のことも何も知らなくて、ミレーヌのことも母上のことも知らなかった。初めて僕のことを誰とも比べない相手を見つけたと思った。だから仲良くなろうとしたんだ。リンが悪いんじゃない。僕がリンを振り回しただけなんだ。

ごめん、ミレーヌ。迷惑ばかりかけて。だけど、リンを許してやってもらえないだろうか」

「今、目の前にあるお茶にも媚薬(びやく)が入っているのに？」

私がじっと見つめると、レオナルド様は目をそらさずにうなずいた。

「それもわかってる。だけど、幸いまだ飲んでいないし」

「ケルドラード伯爵令嬢、今日このお茶に媚薬(びやく)を入れた理由は？」

「……お父様に言われて。三十歳年上の貴族の後妻に入ると言ったのは嘘です。お父様は『絶対にレオナルド様と身体の関係を持って愛妾にしてもらえ、失敗したらもう家から出す』と……。そうなったら、やっぱり娼婦になるくらいしか生きる道はなくて……」

ケルドラード伯爵令嬢の顔が歪(ゆが)んだと思ったら、大粒の涙がこぼれた。

もう限界だったのだろう。よく見ると、彼女の身体は以前会ったときよりもずっと細い。

追い詰められて、もうどうしようもなかったのか。

「ミレーヌ、叔父上(おじうえ)に相談したらなんとかならないか？　僕に媚薬(びやく)を飲ませようと準備したのは伯爵なんだろう？　このままリンだけが悪者で、それで終わりなのは嫌だ。こうなってしまったのは僕が、今までの僕が悪いんだ。これからはこんなことがないようにするから、頼む！」

レオナルド様は深く深く頭を下げてくる。

　王太子になる人が簡単に頭を下げるのはどうなのかとも思うが、レオナルド様はこういう人なのだろう。関わってしまった人を突き放すことができない。

「わかりました。兄様ではなく、お父様に相談してみます。あのとき、お父様と陛下はケルドラード伯爵令嬢がしたことを知っていました。何か考えがあって見逃したのだと思いますので、最後まできっちりと責任をとってもらいましょう。ケルドラード伯爵令嬢、すぐには保護できませんが、急ぎます。とりあえず今日はお帰りください」

　ぐしゃぐしゃな顔で泣き続けているケルドラード伯爵令嬢にハンカチを渡す。

　そのまま背中をなでて少し落ち着かせて部屋から出した。このままちゃんと帰ってくれるだろうか。

「レオナルド様も、王宮に戻っていてください。少し片づけをしてから私も王宮へ行きます。いいですね？」

「すまない、ミレーヌ。先に戻ってるよ」

　レオナルド様が出ていったのを確認して、控室の扉を開ける。

　そこにはハンカチで涙を拭いているマーガレット様がいた。

「……大丈夫ですか？」

「うん……ごめんなさい。ミレーヌがそんな目に遭ってるなんて知らないで相談して。

あの令嬢も、あんなに追い詰められていたのに、私は自分のことしか考えてなくて……」

「あぁ、いいんですよ、それで。マーガレット様は巻き込まれなくてもいい話だったのですから」

「それでも……ごめんねぇ。つらいことを思い出させてしまって。もうミレーヌに呆れられて、嫌われても仕方ないわ……」

「え？　そんなことはないですよ？　呆れてもないし、嫌っていません」

むしろ、こうなるかもしれないとわかっていてマーガレット様を巻き込んだのは私だ。

何も気にしなくていいのに。

思い込みの激しさは相変わらずなのか、どうしてか私にすっかり嫌われたと勘違いしたらしい。

自分のよくわからない感情を確認するために、のぞき見のような真似をして、私とケルドラード伯爵令嬢のつらい事情を聞いてしまった。そんな自分を許せないと思ったのだろう。

何度も何度も大丈夫だと言い聞かせ、マーガレット様の背中をさすって安心させてあげる。

子どものように泣きじゃくっていたマーガレット様は、少しずつ落ち着いてきた。

「……本当に嫌いじゃない？」

「ええ。もちろん」

私が答えるとようやく安心してくれたのか、少しだけ笑顔になった。それを見て、私もほっとした気持ちになる。

「ねぇ、ミレーヌ。……お友達になってくれる？　本当の。こんなにみっともないところばかり見せたのに、嫌いじゃないって言ってくれるなら」

見上げてくる目が、また涙であふれそうになっていて、思わず笑ってしまう。

マーガレット様は本当に純粋な方で、こういうところを見せられると可愛らしくて守ってあげたくなる。

「ふふっ。もちろんです。お友達になりましょう？」

「じゃあ、マーガレットって呼んで、普通に話して！」

「わかったわ、マーガレット。遅くなってしまったし、王宮に帰ろう？」

「ええ！」

機嫌が戻ったマーガレットの手をとって馬車に向かう。

お茶の中身は公爵家の侍女に頼んで処分してもらった。

王宮に戻って話をしたら、陛下もお父様も渋い顔をしていたが、レオナルド様の訴えもあってケルドラード伯爵令嬢を保護することを約束してくれた。

あとはお父様に全部任せてしまって大丈夫だろう。


この一週間後、学園をやめたリン・ケルドラード様は、辺境伯の次男のもとへと嫁いだ。

辺境の地で騎士団を統括する騎士で、二十八歳。身分や礼儀作法にこだわらない、おおらかな性格の若者だそうだ。私のお父様が見つけてくれた縁談だ。

彼女の父親のケルドラード伯爵は領地の税を横領していることが発覚して男爵に降格し、それを支払うことができず、男爵位も売り払うこととなった。

元ケルドラード伯爵令嬢が辺境へと旅立つ日、見送ることはできなかったが、王宮には一通の手紙が届けられた。

そこには幼い文字だったが、感謝と謝罪がびっしりとつづられていた。

手紙をうれしそうに読んでいるレオナルド様は、その様子を見てまたモヤモヤしているマーガレットには気がつかない。

私が言うことではないので、知らないふりをするが、もしマーガレットから相談されることがあれば今度は教えてあげようと思った。

◆

マーガレットの留学も問題なく三か月が過ぎた頃、とある国からの手紙がルールルニー王国の王宮に届いた。あまり関わりのない国だ。

報告する宰相の手は怒りで震え、報告を聞いた国王は叫んだ。

「なんだと！　もう一度言え！」

「……ですから、ガヌール国の王太子から手紙がきました。ミレーヌを王太子妃にしたい、その上でルールルニー王国と同盟を結びたいとのことです」

「急に、なぜガヌール国から……」

ガヌール国はレガール国の隣に位置する国でルールルニー王国とは隣り合っておらず、今まで国交はあっても同盟は結んでいなかった。

「どうやら、レガール国の第一王女が留学してきた理由が、ケヴィンへの求婚だということが伝わったようです。ケヴィンがレガール国の王配になるなら、婚約解消されるミレーヌを王太子妃によこせ、といった感じですね。さて、どうしますか、陛下」

「言うまでもないよ。ケヴィンとミレーヌの婚約はそのままだ。そもそもすでに婚姻しているしな。あの二人を離そうとしてみろ。どこかに逃げるぞ。ルールニー王国をレオナルド一人に任せるのはまだ危うい。あの二人がいなくなってしまったら、国が終わることになるだろう」

国王の言葉に、宰相は少し口元を緩ませてうなずいた。

「わかりました。では、そのように」

「……お前、試しただろう、俺のこと。やめろよ、心臓に悪いわ！」

「試したんじゃない、信じてたんだよ。さ、どうやって断るか、ケヴィンとミレーヌを呼びますか」

宰相は叫ぶ国王を見てわずかに口元を緩ませたが、すぐにため息をついたのだった。

第五章

突然陛下とお父様に呼び出され、私とケヴィン兄様は王宮の謁見室に来ていた。

呼ばれた理由が理由なだけに、兄様は見るからに不機嫌そうだ。

心配で見上げると、目が優しくなった。

けれど陛下のほうを向くとすぐに顔が険しくなる。

どうやら優しい表情ができるのは私を見るときだけらしい。

お父様もそんな兄様の態度に苦笑いしているけど、咎めることはなかった。

「ガヌール国から、ミレーヌに縁談だって？　断るのに俺たちをわざわざ呼び出した理由は？」

「あぁ、断るのは決まってるから、そう怒るな。ちょっと面倒くさくなりそうだったから、話しておきたかったんだよ」

陛下になだめられ、兄様から怒りの気配が消える。

ふっと周りの空気が軽くなった気がして、謁見室の端にいたレオナルド様が息をついたのがわかった。

レオナルド様は兄様のことが怖いようだから、先ほどまでの雰囲気は嫌だっただろう。

少し気持ちを落ち着かせたらしい兄様は、重々しく口を開く。

「――レガール国絡みか？」

「そう。レガール国とガヌール国が手を組んでくると手ごわい。両国で話し合った上での打診なら、断るのも大変になる。マーガレット王女の出方次第なところもあるんだが……」

「もうすでに俺たちが結婚していると、公表してはまずいか？」

ケヴィン兄様の言葉に、陛下は首を横に振る。

「正式に婚姻を申し込まれている。その理由で断ったら、角が立つかもしれないな。最終的にどうしようもなくなったら、その手もアリだが」

「……マーガレット王女が来る前に彼女との婚約を断る方法はないか探したときに、思いついた手はあるんだが……それはどうしようもなくなったときのためにとっておきたいから、その話はまたあとで。一応、他の手も考えてはいるとだけ言っておくよ」

マーガレットが来る前から兄様はいろんな本を読んで調べものをしているようだった。できる限り手を考えておきたいと言っていたけど、どうするんだろう。

手の内を明かそうとしない兄様に、お父様がため息をついた。

「私は常に人生で陛下や国を優先してきたつもりだが、一度だけ私情を優先させたことがある。マリーナとの結婚だ。陛下の婚約者候補だった彼女を、私は望んでしまった。王妃にふさわしいのは彼女だと知っていたのに。そのせいで、今この国の王妃は実質不在になってしまった。……ケヴィンとミレーヌがどうしようもなくなったら、逃げてもいい。だが、私はこの国で娘と義息子、未来の孫と一緒に暮らしたい。私も協力するから、この国を捨てるような真似はギリギリまで考えないでほしい」

「お父様……」

お父様がそんなことを思っていたなんてと見つめていると、陛下は気まずそうに頭をかいた。

「あー。マリーナのこと、まだ気にしてたのか。もう気にしなくていいぞ。王妃は残念だったが、そのおかげでレオナルドがいるんだからな。お前はたった一度だけのわがままを気にしすぎだ。そのおかげでミレーヌがいるんだろうに」

呆れたように陛下から言われ、お父様が困った顔になった。ずっと気がかりだったことをあっさり許されて、どう反応していいかわからないらしい。

それでもお父様からの告白と応援は、兄様にちゃんと伝わったようだ。

先ほどまでの不機嫌さは消え去り、いつものように冷静な表情で言いきった。

「逃げるつもりはないよ。もちろん、ミレーヌを離す気もない。できることは全部しよう。この国は俺とミレーヌにとっても大事なんだ」

今後の方針が決まって、謁見室から出ようとしたとき。

「あの、叔父上に話があるんです。もし、うまくいけば、なんとかなるかもしれない。協力してもらえないでしょうか」

今まで聞いていただけのレオナルド様が、何かを決意したような顔で言い出した。

兄様は不思議そうな顔をしつつも、レオナルド様にただならぬ決意を感じたようで、しっかりとうなずいた。


件の手紙が届いてから、十日が過ぎた。

ガヌール国からの使者が来ることになり、王宮はその準備に追われていた。

ケヴィン兄様がレオナルド様と執務室で話している間、私とマーガレットはいつものようにお茶をして待っている。

ガヌール国からの手紙のことはマーガレットに伝えられていない。そのため、お茶の席での話は穏やかな話題ばかりだった。

　すると突然、ノックもなしに人が入ってきた。見慣れない男性だ。

　赤い髪に黒い目、長身で異国風の服装の男性が、こちらに向かって歩いてくる。

　不審者としか思えないその男性に、緊張が走った。

　思わず身構えた私とマーガレットをかばうように、護衛が前に立って剣に手をかけた。

「失礼。レガール国のマーガレット王女様とコンコード公爵家のミレーヌ様ですね。私はガヌール国から来ました。王太子の使者で、ガレッタ侯爵家のジニーと申します」

「ガヌール国の使者様でしたか。どうしてこちらへ？　謁見室に行っていただけますか？」

　ガヌール国の使者だというジニーと名乗った男性に、私はぴしゃりと言う。

　急にお茶会の場、それも令嬢だけの席に押しかけてくるのは予想外だった。

　使者だとわかっていても、これ以上の無礼を許すわけにはいかない。

「国王陛下と宰相にお会いしても返事は変わらないでしょう。お断りされる前にお二人に直接伝えるようにと、王太子から伝言を預かってきております」

　私とマーガレットへ伝言？　だから二人がそろっているお茶会の席に来たのだろうか。

　マーガレットとは毎日のようにお茶をしているが、相談役として予定で決められているお茶会は週に一度程度しかない。それも公にしている話ではなく、マーガレットがレガール国に報告しているだけだ。

その機会を狙って来たのだとしたら、情報は想像以上に伝わっていると思ったほうがよさそうだ。

「まず、ミレーヌ様へ。急な求婚で驚いたと思うが、考えてみてほしい。あなたは王妃になるために生まれ、育てられたのだろう。王子との婚約が解消されたそうだが、王弟妃に甘んじていいのか？　学園では成績優秀な上、先の夜会ではその容姿もダンスも見事なものであったと聞いている。あなたをこえる王子妃、王妃がいるとは思えない。いずれあなたの存在は、貴国の争いの種となるだろう。これから選ばれる王子妃や王妃が、あなたを疎まないはずがない。我が国では王妃になる予定だった令嬢が、不慮の事故で亡くなってしまった。あなたなら我が国でその才能を活かし、素晴らしい王妃になるに違いない。答えを急がないでほしい。何があなたのためになるのか、よく考えて答えを聞かせてくれ。以上です」

ガヌール国の使者は伝言を頭の中に入れているらしい。

よどみなく述べられたそれは、まさしく王太子からの伝言であった。

私が争いの種に？　まさか。

そう思いながら、再び口を開いた使者を眺める。

「そして、マーガレット王女へ。隣国として同盟国として、レガール国の王女の意思を支持することを表明する。ケヴィン殿下は魔力はもちろん、王政の才能も申し分ない。素晴らしい王配になるだろう。結婚式にはぜひ呼んでほしい。早めに喜ばしい返答があることを期待している。……以上です」

マーガレットを見ると、真っ青（まっさお）な顔で震えている。

理由はわからないけど、これ以上使者を近づけないほうがよさそうだ。

さりげなくマーガレットを自分の背に隠し、使者から見えないようにする。

何事もなかったように装い、話を切り上げることにした。

「伝言はわかりました。ですが、ここはお茶会の席です。招待されたわけでもないあなたが許可なく立ち入るのは無礼です。あなたの国ではそれが許されるのでしょうか」

「いえ、失礼いたしました。このあとは謁見室（えっけんしつ）に参ります。それでは、また」

少しは言い返すかと思っていたが、使者はあっさりと謝罪した。これ以上会話をするつもりはないようだ。

使者は礼をするとさっと身を翻（ひるがえ）して、すぐに部屋から出ていった。

喉（のど）の奥にとげが知らないうちに刺さったような、そんな後味の悪さが残った。

マーガレットはまだ小さく震えている。

「王子の執務室に連絡して。ケヴィン様とレオナルド様をすぐ呼んで」

私が命じると、護衛はすぐに執務室へと駆けていった。

兄様はすぐに迎えに来てくれ、その後ろにはレオナルド様も一緒にいた。

私が兄様に抱きしめられるのと同時に、レオナルド様もマーガレットに寄り添い手をとっている。

いつの間にそんなに仲良くなったのだろう。

兄様とレオナルド様が相談し、今日のところはお茶会は終了して、公爵邸に帰ることになった。

王宮にとどまっていたら、また使者に絡まれるかもしれない。

私は表向きはただの公爵令嬢にすぎないので、下手な返事はできない。対策が決まるまでは王宮に顔を出さないことになった。

屋敷へ帰ると、いつもなら中庭の見える部屋で話すのに、今日は兄様の私室に連れてこられた。

いつもの部屋には使用人たちがいるが、ここでは二人きりだ。

あまり入ったことがないので、物珍しくて周りを見回す。

ここは兄様が公爵家に預けられたときから、ずっとそのままになっている。

前にジャンに聞いたら、お父様がケヴィン兄様がいつ帰ってきてもいいようにと、整えておいたらしい。

「ミレーヌ、おいで」

ソファに座った兄様が手招きしている。いつものように近づくと、抱き上げてひざに乗せてくれた。

「ミレーヌは、今日の使者の話を聞いて、どう思った？」

使者の話……私が争いの種って話だろうか。

王妃として求められた理由はなんとなくわかったけど、争いの種になる云々（うんぬん）は納得できなかった。

「言いすぎかなって思いました。確かにレオナルド様の婚約者選びは大変そうですけど、それでも優秀な令嬢はたくさんいます。侯爵家以上の身分の令嬢は十四歳より下の方しかいませんから、その中から選ばれるでしょう。まだ若いので早くから王子妃教育ができれば、問題ないように思います」

「そうなればいいんだがな。あの話は間違っていない。ミレーヌは難しくないと思っている学園の課題も、時間がかかって面倒くさいけど丁寧にやればできると思っている仕事も、完璧（かんぺき）な礼儀作法も、ダンスまで……すべてをできるようになるまで何年かかるだろうな」

言われていることがよくわからなくて、首をかしげる。

できるようになるために王子妃教育があるのではないだろうか？

私のときは何も意味のないものばかりだったが、今度は王妃様の邪魔もないし問題ないだろう。

「お前はできるから、わからないこともあるんだな」

めずらしく兄様が困った顔をする。

何が間違っているのか、考えてもわからない。

「王妃になる資格があるのは高位貴族に生まれ育った者だ。それにはきちんと意味がある。教養や礼儀作法が身についていることだけではなく、臣下が納得して従える者でなければならないからだ。デイジー王妃が悪い例だな。あの王妃は教養も礼儀作法もなっていなかった上に令嬢たちをひどい目に遭わせるなんてことをした。それに容姿も劣っていた。それでは皆、彼女に従う気をなくすだろう。だから貴族たちは王家から距離を置いた。今の王家は、非常に危ない状況だ。次に王妃になる者は貴族たちから認められなければいけない。そのときに、基準となるのはお前なんだよ」

「私が基準？」

「そうだ。次にレオナルドの婚約者になる者は、必ず元婚約者のお前と比べられてしまう。だが、ミレーヌほど優秀で仕事もできて、容姿や礼儀作法まで完璧な令嬢は、この国では他にいないだろうな。そういう意味では、使者の伝言は正しい」

「そんな……」

レオナルドの婚約者になる令嬢は私と比べられてしまう？

これから婚約者になる令嬢は、おそらく私より五歳以上も年下だ。そんなに年齢が違ったら、私のほうができるのは当たり前なのに。

それでも周りに一番素晴らしい女性だと認めさせなければいけないなんて、難しいに決まっている。

……だから、私が争いの種？　私は邪魔な存在になってしまうの？

「ようやく納得できたか。まぁ、おそらくすべては納得できていないんだろうけど」

「……兄様、私の存在は邪魔なの？」

おそるおそる聞くと、兄様は予想に反してにっこりと笑みを浮かべていた。

「これで、やっと本題に入れるな。おそらく、レオナルドの婚約者選びの問題は解決する」

「えっ？」

意味がわからず聞き返すと、兄様はうなずく。

「おそらくだけどね、今頃は解決してると思うよ」

「今、難しいって言ったばかりじゃない！」

さっきまでの話とまったく違う展開に思わず怒ってしまう。からかわれているのかと思って、軽く睨(にら)みつけた。

「ごめん、からかっているわけじゃないんだ。その件は明日にはわかるから、待っていて。でも、ミレーヌの立場と、他国からどう思われているかは知っておいてほしかったんだよ。今回のガヌール国からの求婚を断っても、また違う国から来る可能性がある。それだけ、王妃の素質がある令嬢は貴重なんだ」

「もう兄様と結婚しているのに……？」

「他国から見たら、婚約しただけだ。それに、国によっては再婚でもかまわないと思うところもあるだろう。純潔を重んじる国ばかりではないからね」

純潔を重んじない？　じゃあ、兄様と結婚したあとも狙われるってこと？

そんなこと、考えてもみなかった。

結婚してからも求婚されるなんて、そんな無茶が通るなんて。

「そんな。それじゃあ、どうすれば……」

「一つだけ手がある。だけど、覚悟してもらわないといけない」

「もし、俺が先に死んでも、ミレーヌは再婚できなくなる。再婚どころか、恋愛もできなくなる。それでもいい？」

ゆっくり言い聞かせるように言う兄様に、視線を合わせる。

大事な話だとわかっていると、ちゃんと伝わるように。

「もちろんよ、兄様」

力いっぱいの笑顔で答えた。

兄様が何を心配しているのかわからない。

「私は兄様じゃなきゃダメなのよ？　兄様がいなかったら、誰とも結婚したくない。だけど自分が公爵家に生まれた以上、そんなわがままは言えないのもわかっているわ。もし他国に求められたとしても、兄様以外のものにならなくて済む方法があるのなら、喜んでする。だから教えて。何をすればいいの？」

そう言うと兄様は少しだけ笑って、私の頭をなでてくれた。

愛しそうに大事そうに額にくちづけされて、ぎゅっと抱きしめられる。

「わかった。難しくはないよ。発動する条件はそろってるんだ」

「発動？　魔術なの？」

「そう。『いばらの誓い』をすればいいんだ」

そう言って、兄様は『いばらの誓い』について説明してくれた。

『いばらの誓い』は、相手を縛るための魔術で、もはや呪術に近いもの。

それをかけられた者はかけた者を唯一の伴侶とするため、他の異性に近づくことすらできない。

さらに、『いばらの誓い』をかけられた者はいばらに守られ、下心のある異性を寄せつけない。

この誓いはかけた者が死んでも有効だから、再婚することも叶わない。

すべて聞き終えたあとも、私に迷いはなかった。

私がうなずくと、兄様が私の右手をとった。そして小さな声で詠唱を始める。

そのあと、私も教えてもらって同じ詠唱を繰り返す。

最後の一言まで終えると、渦のような魔力の流れが全身を駆け巡っていく。

頭からつま先まで魔力がいきわたったと感じたところで、流れは静かなものに変わった。

落ち着いたあとも身体の中に自分とは違う魔力が残っているような感覚がある。

それと同時に右手首が光り、古代文字のようなものが、浮かび上がって消えた。

「これで完了？」

不思議に思いながら、火照(ほて)っている右手首を見る。そこにはくるっと巻きつくように、鮮やかな赤いいばらの模様が浮かんでいた。

兄様を見ると、左手首に同じ模様があるようだ。

「うん、完了。これで、どちらかが死んだとしても発動し続ける」

これで、兄様とずっと一緒。

たとえ兄様がいなくなってしまっても、私は兄様のものでいられる。

「うれしい。本当に兄様だけのものになったのね」

うれしくて抱きついたら、ぎゅっと抱き寄せられ、くちづけられる。

頬をなでる手は、優しいだけじゃなく熱を持っている気がした。

「これから大変だよ？」

少しはにかんだ笑いで、ささやくように言われる。

大変って何がだろうと首をかしげると、もう一度くちづけされた。

いつもは少し冷たい兄様のくちびるが熱い。

そのまま兄様の熱を感じていると、私のくちびるを舐(な)めた兄様の舌がそのまま口を
割って入ってくる。

「んっ……」

舌を絡められて、こすれる感触が気持ちいい。

熱と甘さが、舌とくちびる、頭の後ろに回された手から身体全部に伝わってきて、くらくらする。

これは何？　くちづけって、こんなことになるの？

全身がふわふわして、身体の奥がしびれる感じがする。

媚薬（びやく）のときとは違うけれど、これが普通の状態だとは思えない。

「んぅ。なに、これ……」

「はぁ……俺も驚いた……ここまでとは」

兄様はこの状態が何かわかっているということ？

私が見つめると、兄様は微笑みながら説明してくれる。

「『いばらの誓い』で、俺とミレーヌの魔力が同調してるんだ。俺の魔力は気持ちと連動しているのは知ってるよな。それで、俺の感じていることが魔力を通してミレーヌに共有される。共有どころか、ミレーヌと共鳴して増えてしまっているわけ」

「え？　……え？」

「つまり、これからこういうことするときは、ミレーヌも俺もすごく気持ちよくなっちゃうってこと。おさえるの大変だろ？　結婚式までもつかな……俺」

「えええええ？」

私は目を丸くして、叫ぶことしかできなかった。

◆

王宮から叔父上とミレーヌが帰ったのを見届けたあと、僕——レオナルドは部屋の人払いをした。

部屋の扉は開けたままでいいからと、護衛と女官たちに退出してもらう。

僕は一通の手紙を握りしめた。

叔父上に協力はしてもらった。父上にも許可をもらった。あとは自分次第だ。

僕だけじゃない、叔父上たちの、ルールニー王国の未来がかかっているんだ。

まだ少し震えているマーガレットの横に座り、両手を包み込む。

冷たくなってしまった手を温めるように、しっかりと。

うつむいているマーガレットの細く白い指が震えていて、泣いているように見えた。

いつもしっかりしているマーガレットだが、脆いのは気がついていた。こんな隠せなくなるほど弱さを見せるとは思っていなかったけど。

彼女を励ますように、できる限り優しい声を出す。

「大丈夫？　手が冷たくなってるし、震えてる」

「……どうしよう。もっと早くに国に返事をすれば、こんなことには。きっと、私とケヴィン様の婚約を望んでいた貴族が、ガヌール側に話を持ちかけたんだわ。ケヴィン様を王配にする気なんて、もうなかったのに。帰りたくないからと返事を遅らせて……それがこんなことになるなんて」

きっと今回のことが自分のせいだと思ってしまったのだろう。

確かにきっかけはそうなのかもしれない。だけど、ミレーヌの件はマーガレットが原因ではないはずだ。

あの才能を見逃(みのが)してくれるほど他国も甘くない。ミレーヌが非常に優(すぐ)れているのは、僕もわかっていた。

「マーガレット、まだ国に帰りたくない気持ちでいる？」

「うん……でも、帰らないと」

「帰らなくてもいいって言われたら、この国にいてくれる？」

「え？　どういうこと？」

ぽかんとしているマーガットに、ゆっくりと告げる。

「帰らなくてもいいなら、僕の婚約者になってくれる？」

僕の言葉が心に届いたらしい。先ほどまで青かった顔色が真っ赤に変わっていく。

ちょっと見ていて面白いなんて、今思っちゃいけなかった。

ここは真面目に。ちゃんと言わないと。

「僕はマーガレットなら、ミレーヌに負けない、素晴らしい王妃になると思う。そして、僕にとっては、誰にも負けないくらい、君が可愛く見えるんだ。容姿だけじゃない。一生懸命なところ、たまに照れて何も言わなくなるところ、泣きそうなのに我慢してるところも、僕だけのものになればいいのにって思う。帰らないで、ずっとここに一緒にいてくれないか？」

「でも、国に、なんて言われるか……」

「これ、見て」

泣きそうな顔をしているマーガレットに、隣国から昨日届いたばかりの手紙を見せる。

「オリヴィア様からだよ。オーガスト公爵と一緒に王宮に行って、君の魔力の遺伝について説明してきたそうだ」

不思議そうに首をかしげるマーガレットに、僕は微笑みながら続ける。

「君が魔力の強い王配と子どもを作っても、おそらく魔力は少ないだろうと。原因は、君のお祖母様だ。『美しき魔女』の強い魔力は一代限りである可能性が高いらしい。それを聞いて、レガールの国王は王族に連なる公爵家の魔力の強い子息を養子にし、王太子にすることを決めたと書いてある。僕が君へ求婚することを伝えると、喜んで許可を出してくれたそうだよ。魔力がなくてもルールニー王国でなら立派な王妃になれるだろうって。国王も父親として君の将来を心配していたんだろう」

マーガレットは僕から手紙を受け取ると、忙しなく読み始めた。

少しして手紙から顔を上げた、彼女の瞳が潤んでいる。

見つめたら、少しだけ笑ってくれた。

「それで、マーガレット。僕の求婚を受けてくれますか？」

「……本当に私でいいの？」

「マーガレットがいいんだ。僕には、君が必要だ。一生大事にするから、そばにいてくれる？」

「……はい。喜んで！」

真っ赤な顔で返事をするマーガレットが愛しくて思わず抱きしめたら、「苦しい」って怒られた。

まずは、マーガレットの抱きしめ方を学ばないとね。

これから大事に守っていくつもりだけど、きっとマーガレットなら一緒に歩んでくれるんじゃないかと思う。

大きな幸福感に包まれながら、僕はマーガレットを抱きしめ続けた。

◆

ガヌール国の使者が来た、次の日の昼過ぎ。

私、兄様、陛下、お父様、レオナルド様、マーガレットは、謁見室(えっけんしつ)で使者が来るのを待っていた。

現れたガヌール国の使者は、陛下とお父様だけでなく私たちがいることに驚いたようだが、すぐさま冷静さを取り戻して挨拶(あいさつ)を述べる。

「皆様、おそろいでしたか。昨日お話しした通り、私は一度ガヌール国に帰ります。お伝えするべきことはお伝えしましたので……」

そう言う使者を引きとめるように、陛下が圧のある笑みを浮かべる。

「まぁ、そう急がないで話を聞いて帰ってくれ。そのほうがお互いに無駄なことをしなくて済むからな。な、宰相」

「はい。ミレーヌはわたくしの娘ですからね。国ではなく、わたくしに話をしていただかないと困ります」

「ミレーヌ様は王弟殿下の婚約者でしょう？　貴国に関わる婚約でしょうから、陛下にお話ししたのですが？」

平然と言う使者に、お父様がすぐに答える。

「殿下にはいずれコンコード公爵を継いでもらいます。そのためミレーヌは王族には入りません。許可を出すのは陛下ではなくわたくしです」

「それは失礼いたしました。それでは、コンコード公爵家へ婚約を申し込みましょう」

「お受けできません。ケヴィンとミレーヌはもうすでに婚姻証明書に署名しています」

「それはそれは。ですが、まだ婚約関係のまま、とお見受けしますが……？」

使者は少し馬鹿にするような話し方をするが、お父様はそんなことを気にしていないように振る舞っている。だんだん使者のほうが苛立ってきたのがわかった。

お父様は冷静な表情のまま、淡々と告げる。

「婚姻前だとかあとだとか、そういう話ではないのですよ。ケヴィン、見せたほうが早い」

え？　見せるって何を？

そう思って兄様を見ると、兄様はわかっているようで私の手をとる。

「わかった。ミレーヌも手首を見せて」

兄様の左手首と一緒に私の右手首を見せる。

そこには『いばらの誓い』の模様が赤くはっきりと浮かび上がっていた。

怪訝そうにしていた使者の顔が、一気に青ざめた。

「なっ！　なんだと！」

「えっ！　もしかして、『いばらの誓い』？　まさかっ？」

使者と同時に、なぜかマーガレットも驚いている。

『いばらの誓い』ってそんなにすごいものなのかと、私のほうがびっくりしてしまう。

「なんてことしてるんですか！　こんなことをさせていいんですか！」

はっとした使者は、お父様につかみかかっている。一国を代表する使者が相手国の宰相につかみかかるのは、まずいのではないだろうか。

お父様はゆっくりと使者の手を外すと、もう一度はっきり告げた。

「だから、もうすでに婚姻関係にあると言ったでしょう。婚姻関係にある者たちが誓いをしたところで、なんの問題もありませんよ？」

使者は振り返って、今度はマーガレットに必死で訴える。

「マーガレット王女はこんなこと許せるんですか！　ガヌール国とレガール国の二国にケンカを売ってるようなものですよ！」

さっきまで自分も驚いていたはずなのに、マーガレットはすでに落ち着いていた。

そして、いかにも不思議だといった顔をする。

「まぁ、なぜかしら？　『いばらの誓い』には驚いたけど、もう婚姻関係にあるのでしょう？　素敵なことだと思うのだけど？」

「何を言っているんですか！　王弟殿下を王配にするためにルールニー王国に来たんでしょう!?」

「あら。昨日からなんの話をしているのかと思っていたら、そういう誤解をしていらしたのね」

「誤解ですと？」

眉根を寄せる使者に、マーガレットはくすくすと笑う。

「ええ。留学してから、ケヴィン様にお会いする機会はほとんどなかったわ。私はずっとレオナルドと一緒にいたのよ。ね？　レオナルド」

「ああ。誤解されたままだと困るからあなたには言うけど、マーガレットと婚約するのは僕だよ」

「はぁああ？」

使者は混乱しているのか、マーガレットとレオナルド様を見比べ、納得できなそうな表情のまま叫んだ。

叫びたい気持ちはちょっとだけわかる。私もさっき知って叫びそうになったから。

マーガレットの気持ちは知っていたし、二人の仲がいいのも気がついていた。

だけど、どちらも国を継ぐ者だと思っていたから、二人が婚約するなんて想像していなかった。

知ったときには驚いたけど、心からうれしい。

自慢げに言うレオナルド様と隣で恥ずかしそうにしているマーガレットを見て、頬が緩みそうだ。

使者はまだ不服なようで、さらに声を荒らげる。

「ガヌール国とレガール国が協力すれば王弟殿下とミレーヌ様を手に入れることも可能だというのに、どうしてそんな！」

「それはおかしいわ？　確かにレガール国はガヌール国と同盟を結んでいるけど、ルールニー王国とも同盟を結んでいるのよ？　どうして揉めるようなことをすると思うの？」

「あ……」

思わず口を噤んだ使者を追い詰めるように、レオナルド様がうなずく。

「そうだよ。僕とマーガレットが結婚して彼女が王妃になれば、同盟も強化できるし。これは両国の陛下が認めた婚約なんだ。ガヌール国には悪いけど、あきらめてくれないか？」

使者はあわあわと、口を閉じられずにいる。

何か言いたい気持ちはあるのだろうが、もう反論できる材料はないだろう。

私と兄様はもう離せないし、味方になってくれると思っていたはずのマーガレットはこっちの味方。

力のない使者がたった一人でできることは、これ以上何もないに違いない。

「我が国では魔力の強い者を養子にして、王太子にすることになりましたの。そろそろ同盟国に手紙が届いているのではないかしら。ガヌール国にもよいご縁があるといいですわね？」

だめ押しでにっこり笑ったマーガレットに、使者はうなだれて帰っていった。

使者を追い返したあと、私たちはレオナルド様の執務室に場を移し、お茶を飲むことになった。

レオナルド様はニコニコしているマーガレットの手をとり、喜びを露わにする。

「うまくいったね！」

「よかったわ！」

「大成功ですね！」

うれしそうなマーガレットを見て、私も思わず明るい声をあげた。

こんなにうまくいくなんて思わなかった。あんなにどうしようか悩んでいたのに。

ひとしきり喜び合ったあと、レオナルド様は兄様に向き直る。

「叔父上、マーガレットのこと、協力してくれてありがとう。叔父上が協力してくれなかったら、僕は何もできませんでした」

「ああ。俺はたいしたことはしてないけどな。あとでオリヴィア様とオーガスト公爵にはお礼の返事をしておけよ」

「はい」

笑顔でうなずくレオナルド様を、マーガレットは不思議そうな顔で見ている。

そんな彼女に、レオナルド様は笑みを崩さず話し始める。

「オリヴィア様たちが動いてくれたのは、叔父上のおかげなんだ。僕が君への気持ちを叔父上に相談したらオリヴィア様に手紙を出してくれて、手回ししてくれた。実はオリヴィア様は先代のコンコード公爵夫人でミレーヌのお祖母様なんだよ。だから叔父上とつながりがあったわけ。これは内緒にしておいてね」

「えっ！　ええ!?　オリヴィア様がミレーヌのお祖母様で先のコンコード公爵夫人？」

マーガレットは驚いたあと、しゅんと肩を落とした。

「そうだったの……ミレーヌ、改めてごめんなさい。恩人のオリヴィア様の孫である、ミレーヌの恋人を奪おうとしていたのね。ひどいことをして、本当にごめんなさい。ケヴィン様にも迷惑をかけてしまって……」

「いいの。気にしてないから大丈夫よ。ね？　兄様」

「……」

私が見つめるけれど、兄様は黙り込んだままだ。

兄様、まだマーガレットのことが嫌いみたい……

「ねぇ、ケヴィン兄様。私、マーガレットとはお友達になったのよ？　初めての大事なお友達なの！　兄様も仲良くしてほしいな……？　ダメ？」

目で訴えると、兄様は負けたと言わんばかりに小さなため息をついた。

「わかったよ。隣国でのことは忘れてやる。もう気にしなくていい。ミレーヌと仲良くしてやってくれ。あと、レオナルドのことを頼んだよ」

「あ、ありがとうございます！」

ぱあっと表情を明るくしたマーガレットを見て、レオナルド様がうれしそうにしている。


それが微笑ましくて、私もなんだか心が温かくなった。

ようやく落ち着いてお茶を飲むと、ほっと息をついたあとにマーガレットが呟いた。

「それにしても……『いばらの誓い』なんて、初めて見たわ」

「初めて？　そうなの？」

私が思わず首をかしげると、マーガレットは呆れたように言う。

「そりゃそうよ。発動条件が難しすぎるんだもの」

「私、発動条件を知らないの。兄様に言われるがままにしただけだから」

そんなに大変なのかと思っていると、マーガレットはちらりと兄様を見たあと再び口を開く。

「発動条件は三つあって……一つ目は魔術をかける側が魔女並みに大きな魔力を持っていること。ミレーヌたちはお互いにかけているから、二人とも魔力が魔女並みってことね。二つ目は十年以上魔力交換を続けていること。普通、魔力交換を十年以上していたら、結婚する時期を過ぎちゃっているわ」

「え？　どうして？　結婚したあとで魔力交換を続けてたら、そのうちできるんじゃないの？」

「それが……三つ目の条件が……」

マーガレットが私にだけ聞こえるように、耳元でささやく。

それを聞いて、身体中の熱が顔に集まるほど恥ずかしくなった。

「えっ！　……そうなの？」

思わず兄様に問いかけるけれど、兄様は平然としている。信じられない。

「なんだよ、別に隠したいわけじゃないから、はっきり言ってもいいんだぞ」

飄々と言う兄様に、レオナルド様は興味津々な顔をする。

「叔父上、俺も聞きたいです。三つ目ってなんですか？」

「あぁ。三つ目はお互いに純潔であること、だ。出会って十年以上魔力交換し続けた上で純潔じゃなきゃいけないから、なかなか条件がそろわないんだろう」

兄様はさらっと言ったけれど、レオナルド様は呆然としている。

「……純潔。叔父上が純潔。『氷王子』が……」

「何言ってるんだ。俺がミレーヌ以外とそんなことをするわけないだろう。ミレーヌが純潔なら、俺も純潔に決まってる」

少しも恥ずかしがらない兄様に、レオナルド様のほうが真っ赤になってしまった。

マーガレットも顔が赤いし、多分私も赤いままだ。

どうして兄様が平気なのかわからない。とりあえず純潔の話題から離れよう。

「でも、私は十年以上魔力交換していた覚えがないのですが？　必要がないので、ほとんど魔力を使ったこともありませんし……」

「お前は無意識で魔力を出していたからな。生まれてすぐのお前に会ったとき、手を触ったら魔力を流してきたんだよ。俺は魔力交換をしたことなかったから驚いたけど、お前の魔力は心地よかったから、俺も流し返していた。それからも手をつないだり、ひざに乗せたりしていると、勝手に魔力交換ができていたぞ。落ち着くような暖かい感じ、思い当たらないか？」

兄様の腕の中はいつも、暖かくて落ち着くけれど……え？　もしかしてそれが魔力交換だったということ？

「兄様が暖かいのって、魔力のせいだったの？　知らなかった……」

私が呆然としていると、マーガレットが納得したように言う。

「生まれてすぐから魔力交換してたんじゃ、確かに十年以上になるわね」

「それでも五年も間があいてたから、うまくいくかは賭けだったんだけどな。うまくいってよかったよ」

「「……」」

何事もなかったように笑う兄様に、私とマーガレット、レオナルド様は、黙り込むしかなかった。

『いばらの誓い』の衝撃の事実は判明したけれど、それ以外は何事もなく、私と兄様は公爵邸に戻ってきた。

「兄様はいつからマーガレットとレオナルド様のことを知っていたの？」

私が聞くと、兄様は思い出したように話し始める。

「ガヌール国から求婚された件で謁見室に呼ばれただろう？　あのときにレオナルドから相談を受けたんだ。マーガレット王女を帰さないで済む方法はないかって。オリヴィア様から魔力の遺伝の話は聞いていたから彼女に手紙を出してみたら、すぐに行動してくれたんだよ。マーガレット王女がレオナルドの求婚を受けるかわからなかったから、ミレーヌには言えなかったんだけどね」

「そうだったんですか……マーガレットがレオナルド様を好きなのは気がついていたのですが、お互いに国を継ぐ者だし、結ばれることはないだろうって……。二人とも幸せそうで、安心しました」

笑みをこぼすと、いつものように兄様のひざの上に乗せられた。私も兄様の胸に寄りかかって甘える。

頭をなでられたあと、髪をすいてくれるのが気持ちいい。

こんな風に甘やかされていると、もっと甘えたくなる。

突然ふと思い出して、私は兄様に問いかけた。

「あのとき最後までしなかったのは、『いばらの誓い』をするためだったの?」

「いや、そのときは『いばらの誓い』のことは知らなかった。あとでマーガレット王女が留学してくるって聞いたときに、絶対にミレーヌと結婚できる方法を探して、見つけたんだ」

「じゃあ、お父様が怖いから?」

「あー……それもなくはないけど、あのときはそんなことを考える余裕はなかったよ」

「……?」

どういうことかわからず、私は首をかしげる。すると、兄様はいたずらっぽく笑った。

「あのとき、ミレーヌはめちゃくちゃ気持ちよさそうだったし、そのまま最後までいくか迷ったんだけど、媚薬なんかに頼りたくないなって思って。最初にするときは、しっかり気持ちよくさせようってね」

「やだ、もう！　何を言ってるんですか、兄様！」

恥ずかしさで兄様の腕をパシパシ叩いてしまう。私の力じゃ全然痛くないのか、兄様はくすぐったそうに笑った。

からかわれているみたいで、私はそっぽを向く。

「怒った？　ダメだった？」

「怒ってません！」

大きな声で反論する。兄様は口調こそ心配そうだけれど、口元は緩んでいる。兄様は目を細めて、再び口を開いた。

「だってさ、ミレーヌが生まれたときからだから、十八年も好きなんだよ、俺。やっと結婚できるんだから、ミレーヌと後悔のない最初を迎えたくて」

そんな風に言われたら、もう怒れなくなる。私、すごく待たせている……

「兄様、結婚するときは私、十九歳になってますよ？」

「そうだね。十九年も好きな人と結ばれるんだから、結婚式のあとは覚悟してね。多分、しばらく部屋にこもって、ミレーヌを離せないと思うから」

にっこり笑って言われたけど、どこまで覚悟すればいいのかわからない。

おそらく私の顔は赤くなったり青くなったりしていると思う。

すると、兄様の手があやしげに耳をなぞり始めた。

もうそれだけで、身体の奥から熱があがってくる。

たまらず首をすくめて、声を出さないようにこらえていると、顔を両手で包まれて上を向かされた。

すぐにくちびるをふさがれて、中を確かめるみたいに舌が入ってくる。

兄様の動きについていけず、ただ流されるように気持ちよさに身を任せた。

今はくちづけ以上のことはされない。わかっているけれど、日に日に気持ちよくなっていく身体に、どうしたらいいのかわからずに戸惑(とまど)う。

そんな私を満足そうに見つめてくる兄様。

……結婚したらどうなってしまうのだろう。

間章　二人の初めて

ケヴィン様とミレーヌが帰ったあと、私――マーガレットはレオナルドとソファでゆっくりくつろいでいた。

さっきまでのバタバタが嘘みたいだ。静かな空間の中、二人で何も話さずにいた。

レオナルドの肩に頭をもたれさせる。思わず、ため息交じりの言葉が出てしまった。

「いいなぁ……」

「何が？」

レオナルドは不思議そうに私を見てくるけど、言うつもりはなかった。

どう誤魔化そうかと、目が泳いでしまう。レオナルドは私の様子に目敏く気付いた。

「ん？　マーガレット、何を隠そうとしてるの？　ね、何がうらやましいの？」

「……『いばらの誓い』」

もう黙っていても怒られるだけだなと思い、渋々話す。

すると、レオナルドは納得したようにうなずいた。

「あぁ、なるほど。そうだね、僕らにはできないからね。もしできるなら『いばらの誓い』、したかったな」

「発動条件が無理だものね……」

魔力がないこともそうだけど……純潔、かぁ。

レオナルドはあの恋人とはしてなかったようだけれど、王太子になるのだから、そういう教育を受けていてもおかしくない。

婚約者がいても恋人を作るくらいだから、そういうことなんだろうな……

抱き上げるのとか、慣れてそうだったし……

そんなことを考えてると、モヤモヤが胸に広がっていく。

隠しているつもりでも、私の気持ちはすぐにレオナルドにはわかってしまうらしい。

すぐさま私の顔をのぞき込んでくる。

「どうした？　まだ魔力のことが気になる？　でも、これはどうしようもないよね？」

「あぁ、うん。それはもう、どうでもいいんだけど……」

「魔力じゃないの？」

レオナルドは、さらにずいと近づいてくる。

あ、しまった。魔力のことにしておけばよかった。

そう後悔しつつも、私はあきらめて口を開く。

「うん。ミレーヌはもちろんそうだと思っていたけど、ケヴィン様も……純潔……なんだなって……」

「叔父上はずっとミレーヌだけを見ていたんだな」

「それがうらやましいっていうか……レオナルドはそういう経験しちゃってるんだろうなぁって……」

「は？」

レオナルドはぽかんとしている。私は恥ずかしくなって早口になった。

「いや、恋人がいたくらいだし、経験あるんだろうなぁって」

え？　レオナルドがすっごく驚いた顔してる。

私そんなに不思議なこと言ったかな……？

そう思っていると、レオナルドは少し考えて、真剣な面持ちで私を見た。

「マーガレット、くちづけしてもいい？」

「え？」

「ダメ？」

ダメじゃないけど……急にどうして。

でも、くちづけされてみたい……

返事の代わりに、ぎゅっと目を閉じた。

頬に手を添えられて、レオナルドが近づいてくる気配を感じる。

やがて、くちびるに柔らかいものが触(ふ)れた。少しだけレオナルドのほうが体温が高いことを知る。

ゆっくり余韻(よいん)を味わうように、そっと離れていった。

目を開けると、顔を真っ赤にしたレオナルドがいた。

「今のが、僕の初めてのくちづけ」

「えっ?」

「だから、僕の初めてはマーガレットのものだから!」

顔をそむけながら言うレオナルドに、私はつい大きな声をあげた。

「えええ? だって、抱き上げるのとか慣れてそうだったのに!」

「それも、マーガレットが初めてだよ!」

お互いに叫び合っていることに気付き、顔を見合わせて笑ってしまう。

「えええ〜? そうなの?」

「そうだよ。リンと付き合ってたっていっても、ミレーヌと婚約してたんだからね。恋人を作る時点でおかしいんだろうけど、そういうことはちゃんとしてたから。心配するようなことはしてないよ」

「そうなんだ……心配しなくてよかったんだ」

気が抜ける。ずっとイライラモヤモヤしてたのはなんだったんだろう。

「それってさ、妬いてくれたってことだよね」

にやっと笑って言うレオナルドに、今更ながら恥ずかしくなる。

顔を隠して逃げようとしたら、つかまえられて、抱きしめられた。

そのまま長いくちづけをされる。何度も何度も、くりかえしてくちびるを重ねた。

「もう、いいよね。これから、マーガレットに遠慮しないから、よろしくね？」

なんだか色っぽい表情で、レオナルドが微笑む。

……慣れてないのに、こうなの？　えええ？　なんで？

私は新しいレオナルドの一面に、どぎまぎすることしかできなかった。

第六章

ガヌール国の使者の一件から、ふた月が経った。

その日もいつものように、私はマーガレットとお茶を楽しんでいた。

レオナルド様とマーガレットが婚約してから、私がマーガレットに王子妃教育も行(おこな)うことになった。

といっても、マーガレットに王子妃教育はあまり必要なかった。

女王になるよう育ってきたマーガレットは、教養も礼儀作法も完璧(かんぺき)で、ルールニー王国の歴史などの見直しくらいしか、やることがなかったからである。

それも学園の課題がすべてできるようになれば、問題はなさそうだ。

「学園にもルールニー王国にも慣れてきたようだし、課題も順調。このまま卒業すれば、王子妃教育も問題ないわね」

「いつもありがとう。学園の課題も一人でできるようになってきて、ほっとしてるの。レオナルドが王太子になれば、私も婚約者として忙しくなるし、今のうちに学園生活を楽しみたいわ」

楽しそうに言うマーガレットを見て、私は少しだけ寂しさを感じる。

「私は学園生活楽しめなかったから、うらやましいわ。マーガレットと一緒に通えたらよかったのに」

「本当ね」

マーガレットと入学当初から一緒に通えていたら、きっと楽しい学園生活が送れていただろう。

そんなことを考えていると、マーガレットが思い出したように口を開く。

「ねぇ、どうして学園では他学年と交流しちゃいけないの？」

「……レオナルド様、言ってなかったのね。まぁ言いにくいかもしれないわ」

私がそう言うと、マーガレットは不安げな顔をする。

「レオナルドが原因なの？」

「そうじゃないわ。王妃様が原因なの」

私は小さくため息をついて、以前お母様に聞いた事のあらましを話す。

陛下の婚約者候補になって、他の候補の令嬢をいじめていた王妃様は、もちろん学園に通っていた。

すると、学園に通っている候補者たちは、王妃様と顔を合わせたくないと行かなくなってしまった。困った学園は学年ごとの棟になるように校舎を改築して、他学年との交流を禁止し、令嬢たちを守ることにした。

王妃様と同じ学年だった令嬢は留年の形で一年下の学年として通い、卒業したらしい。お母様はそれでも通えなくなってしまい、お父様との結婚を理由に中退したそうだ。

話し終えると、マーガレットは眉をひそめた。

「そういうことだったの……それじゃあ、公（おおやけ）に理由は言えないわね。みんな、禁止されている理由を知らなさそうだったもの」

「そうね。王妃様が王宮にいた頃は特に、口に出せば問題になったでしょうしね」

すると、マーガレットは突然にやりと笑う。

「そういえばミレーヌのお母様って、あの仕事命な宰相が唯一陛下よりも優先したって話の人よね」

「……あの話を聞くまで、お父様にそんな情熱があるなんて知らなかったわ。兄様がお父様の仕事を手伝っているからか、最近はお父様が毎日公爵邸に帰ってくるようになったの。そうしたら、お父様とお母様、二人だけで夕食をとっているのよ。今までほとんど一緒にいなかったのに、あれだけ仲良くなると、対応に困るわ……」

「仲いいのね～。うちのお父様とお母様は普通だと思うわ。私が生まれたことでお母様は肩身がせまかったらしいけど、今はどうしてるんだろう」

「肩身がせまい？」

よくわからない私に、マーガレットはうなずく。

「そう。私も妹も魔力がなかったから、他の後継者を産むために、お父様に側妃をとらせようって話が出たらしくて……結局、お母様の生家の侯爵家が強くて、側妃は娶れなかったのだけど。お母様としてはよかったのか悪かったのか、わからないのよね」

そういえば、マーガレットには妹がいた。私は浮かんだ疑問を口にする。

「第二王女も魔力がないのよね。このあと学校はどうするつもりなのかしら」

「そろそろ十三歳になるから、考えている頃ね。私は女王になるための教育もあったから家庭教師だったけど、今ではその必要ないだろうし。魔術師学校には入学できないから、他の同盟国の学校でも……」

「こちらの学園に来るかしら」

私が聞くと、マーガレットはうーんと腕を組んだ。

「どうかな……私と妹は似てないせいか、あまり好かれていないのよね。だから私がいる国には来ないかも。見た目も似ていなくて。私はお祖母様似なのだけど、妹はお母様似なの。茶髪に茶色の瞳で、小動物みたい」

「そうなのね」

どんな人なのだろうと思いながらぼんやりマーガレットを眺めていると、彼女はお茶菓子のクッキーを頬張り、目を輝かせた。

「あら、このクッキー美味しいわ」

「それね、うちの料理長が作ったの。食感が少し変わっていて美味しいのよね」

そんなたわいのない話をしながら、お茶会の時間は過ぎていった。


マーガレットとのお茶会から、数日後。

いつものようにケヴィン兄様と王宮に来たところ、執務室ではなく謁見室に来るように伝えられた。

「急に謁見室に来いなんて、何かあったのか？」

そう言って首を捻っている兄様とともに謁見室まで歩いていく。

中に入ると、そこにいたのはため息をついている陛下と苦虫を噛み潰したような顔のお父様……

そして、一人だけ立たされて冷や汗をかいているレオナルド様だった。

レオナルド様がまた何かしたのだろうか。

「レオナルド、お前が自分で説明しろ」

陛下に促（うなが）されて、レオナルド様がぼそぼそと小さな声で説明し始める。

話があちこち飛ぶ上に、ぼかした話し方をするのでわかりにくい。

でも、おそらく要約すると……レオナルド様は、マーガレットとそういうことをしてしまったということらしい。

婚約してまだ二か月、結婚式の予定も決まっていないというのに。

「レオナルド、お前は……やっぱり馬鹿なのか」

あぁ、隣で兄様が怒っている。レオナルド様に向かって、冷気の風が吹いているのが感じられた。

「マーガレット王女は、一国の王女なんだぞ。婚約しました、ハイ、結婚しますって、簡単に決められるものじゃない。これからレガール国と予定を合わせていかなきゃいけないっていうのに……」

兄様は額（ひたい）に手を当てている。私はきょろきょろと室内を見回した。

「話はわかりましたが、マーガレットはどこにいるのですか？」

私が問うと、黙っているレオナルド様の代わりにお父様が答えてくれた。

「マーガレット王女はあてがっている客室にいらっしゃる。ここでレオナルド様へのお話を聞かせるわけにいかないからな。ミレーヌ、マーガレット王女の様子を見てきてくれないか？　……レオナルド様へのお話は、まだまだかかりそうなんでな」

お父様が言っているのは、お話という名の説教ということだろう。

私が了承すると、レオナルド様がすがるような目で見てくる。私はそっと目をそらして謁見室（えっけんしつ）から出た。

ここはしっかり説教されて、少しは反省したほうがいいと思う。

マーガレットの部屋に行くと、中の雰囲気が暗かった。いつも華やかな印象の女官や侍女たちも、どんよりしている。

これは……一体？

「マーガレット、体調は大丈夫かしら？」

私が声をかけると、ソファでうなだれているマーガレットが顔を上げた。

私が入室したのにも気がつかないほど参っているようだ。思っていた以上に顔色が悪い。

「……ミレーヌぅ。どうしよう～。私が馬鹿なことしたから……」

「どうしたの？　話は簡単に聞いたけれど、何があったの？」

私が尋ねると、マーガレットはうつむいたままぽつりぽつりと話し出す。

「私が十八歳になったことを祝う夜会を行いたいから一度帰国するように、という手紙がきていたんだけど、そう簡単に帰るわけにはいかないって返事をしていたの。それとは別に私の側近候補だった令息たちからも手紙がきていて……その内容が求婚のようなものだったの。今更違う人が国王になるって言われても納得できない、それなら自分が王配になるから帰ってきてくれって。それらをレオナルドに見られてしまって……」

言いながら、マーガレットは顔を手で覆ってしまう。

「『レガール国には絶対に帰さない』って……誤解だってすぐに言えばよかったのに、そんな風に怒ってくれるのがうれしくて。誤解を解くのが遅くて、レオナルドを止められなかったの……こんなことになるなんて……」

レオナルド様の話とは違ってマーガレットの話はわかりやすい。

つまり、嫉妬や焦りから、レオナルド様はマーガレットをつい襲ってしまったということらしい。

「状況は理解したわ。どうしてこんなことになったのかは、ね。でも、二人の結婚式の日取りも決まってない状態で、その行動はまずかったわね……」

「……ごめんなさい。お父様はレオナルドに怒る……わよね？」

マーガレットは涙目で見上げてくるけれど、私は深くうなずくことしかできない。

「怒るでしょうね。こちらは王女を預かっている立場だから。大事にしていないと思われても仕方ないわ」

「そんな。大事にはしてもらってたのに……」

「そういう問題ではないでしょうね」

レオナルド様は、最近では特に頑張って王子教育を受けていて、仕事もかなりできるようになったと聞いていた。文官からの評価も高まりつつあったのに……

私はそっとため息をついた。そろそろ、レオナルド様へのお話は終わっただろうか。

マーガレットが落ち着くのを待って、謁見室に戻る。

中に入ると部屋中ひんやりとしていて、身体が半分凍りかけたレオナルド様がいた。

大丈夫なのだろうか。

兄様が凍らせたのだと思うけれど、そんなに怒っているのはめずらしい。

戻ってきた私を見て、陛下が話しかけてくる。

「マーガレット王女はどうだった？」

「原因を作ったのは自分だと思っているようです。レガール国から届いた一時帰国を促す手紙や令息たちからの求婚の手紙を見たレオナルド様がかっとなり、思わず行為に及んだと……。マーガレットはレオナルド様に嫉妬されたのがうれしくて、止められなかったと言っていました。王女としてしていい行動ではなかったと反省して、非常に落ち込んでいます」

「そうか。マーガレット王女は怒ってはいないのだな。それは合意があったということでよいのか？」

陛下の問いに、私ははっきりとうなずく。

「はい、陛下。それは間違いありません」

「なるほど。それでは、どうするか。宰相、結婚式の日取りを早められるか？　こうなってしまった以上、結婚式を挙げて責任をとる以外ないだろう」

陛下の言葉に、お父様は渋い顔をする。

「日取りを早めるのはさすがに無理でしょう。ミレーヌたちの結婚式の日取りと交換することはできるかもしれませんが……」

「俺とミレーヌをこれ以上待たせる気か？」

ただでさえ冷たい兄様の表情がさらに冷たくなった。お父様は少し慄(おのの)きながらも食い下がる。

「しかし、国をあげての結婚式となるとすぐには……」

王族同士の結婚式の準備には最低でも二年はかかる。だが、傷物にした上に結婚まで二年待たせてしまうと、王女をないがしろにしていると思われるかもしれない。

とはいえ私たちの結婚式と交換して、結婚を二年後まで待つのは嫌だ。兄様は王弟だから、結婚式を簡略化することもできない。

打つ手はないか……と思ったとき、私の頭に一つの考えが浮かんだ。

「陛下、お父様、ケヴィン兄様。合同で結婚式をするわけにはいきませんか？」

「合同で？」

「レオナルドたちとお前たちが、一緒に結婚するってことか？」

きょとんとするお父様と陛下に、私は首を縦に振る。

「はい。こうなってしまった以上、レオナルド様たちは最短で結婚式を挙げなければいけませんよね？　ですが……私たちも待たされたくありません。同時にレオナルド様の王太子の指名式もありますので、大変だとは思いますが……」

王太子と他の王族が同時に結婚式を行うのは、めずらしいがないわけではない。

王太子以外の王族はそれほど重要な扱いではないので、一緒にしてしまうことも可能だ。そのほうが他国の王族も参列するのが楽だし、迎えるほうも一度で済むという利点もある。

問題は、準備がとても大変だということだ。

陛下は不安そうに、お父様を見る。

「宰相、できるのか？　そんなこと」

「他国での前例があるので、できなくはないです。レガール国がそれを許せば、ですが。もしできるなら、それが一番いい解決方法ではあります。ケヴィン、お前はどう思う？」

「俺としては、ミレーヌがそれでいいなら問題ない。さすがにあと二年以上待たされるのはきついよ」

ケヴィン兄様が了承したのを聞いて、陛下は覚悟を決めたように大きくうなずいた。

「うむ。それでは、そうしよう。それで、ケヴィン、ミレーヌ。レガール国へ我が国の使者として行ってきてくれないか？　さすがに普通の使者では、礼儀を欠くだろう。今回のことの説明と、結婚式を早めて合同でする許可をとってきてくれ」

「わかりました。オーガスト公爵とオリヴィア様にも協力をお願いしてきます。……行ってくる間、レオナルドにしっかりと教育しておいてください」

「わかっとる。たっぷりと、しぼってやるわ」

ケヴィン兄様と陛下はにやりと笑みを交わしている。お父様はそんな二人を見て苦笑した。

「母上と叔父には私からも手紙を書く。すまないが、二人で行ってきてくれ。頼んだぞ」

私と兄様は、そろって首肯する。

この話し合いがうまくいかなければ、結婚が延期になってしまうかもしれない。それは回避したい。

私たちは旅の準備ができ次第、急いでレガール国に向かうことになった。

留学していた兄様と違って、私は初めて国外へ行くことになる。

緊張しながらも、少しだけ楽しみな気持ちも抱いたのだった。

ルールニー王国を馬車で出発して三日目。

ようやくルールニー王国とレガール国との国境を越えた。

単騎で駆ければ一日半で着くそうだけど、さすがにそれは難しい。

隣国へのお詫びの品なども持っていかなければならないし、侍女や護衛たちも一緒だから、急いではいるがみんなの安全を優先したのだ。そのため慣れない馬車での長時間移動になったけれど、それほど身体は痛くならなかった。

野宿は私や侍女には難しいということで、宿に泊まりながら移動している。そのせいでよけいに時間がかかっている。

けれど、初めて見る景色、匂い、すれ違う馬車……すべてが面白くて、あっという間に時間が過ぎた。

隣国へ入って少しすると、身体がふわっと軽くなったように感じた。

「えっ？」

まるで何かに持ち上げられているみたい。何が起こったのだろう？

思わず声を漏らした私に、兄様が微笑む。

「今の感じた？　レガール国では魔力が増幅されるんだ。力が増す分、身体が軽くなった感じがしただろう？」

「魔力が増幅される？」

「そう。反対にルールルニー王国に帰るときは、身体が重くなったように感じるはずだ。俺やミレーヌはルールルニー王国で育ったから、すぐに感覚が戻ると思うけど。オリヴィア様は慣れるまで大変だったらしいよ」

「知らなかったわ。国境を越えることでこんなに違うなんて」

「レガール国の初代国王が優秀な魔術師で、国を守る結界を張ったそうだ。その結界が魔力を増幅させているのだが、今の魔術師たちでは仕組みがわかっていないと聞いている」

さすが魔術大国のレガール国。ルールニー王国とはまったく違うらしい。

私は感嘆しながら、ふと思い出して兄様に尋ねる。

「王宮へはオーガスト公爵の屋敷に行ったあとで行くの？」

オーガスト公爵はお祖母様の弟で私の大叔父にあたる人だ。

お祖母様は普段は研究所に寝泊まりしているが、私たちが来るのに合わせて公爵邸に来てくれるらしい。

兄様は私の問いにうなずいた。

「あぁ、まずは公爵とオリヴィア様に会って、事情を説明する。協力してくれるとは思うが……」

「お祖母様は怒ると思う？」

「いや、笑うと思う。オリヴィア様のことだから」

「……」

お祖母様ってそんな人なんだ……と言葉を失った。兄様は楽しげに話し続ける。

「公爵はオリヴィア様の発言に慣れている人だから、けっこう柔軟な感じだな。その代わり、怒らせると怖いらしい。オリヴィア様の婚約破棄事件のときはすごかったらしいぞ」

「怒らせると怖い……お祖母様の弟様よね？　似ているの？」

「銀色の髪は同じだが、目の色は紫じゃなくて碧だね。雰囲気は似てるんじゃないかな……さて、後ろからこっちを狙っている馬鹿たちがいるな。さっさと片づけるか」

突然兄様の目が剣呑になった。私は思わず叫び声をあげてしまう。

「え！　盗賊？　本当に？」

「多分な。ルールニー王国から来る馬車を狙うのは、魔術が使えない貴族が乗っていると思われているからだろう」

兄様はちらりと鋭く後ろを睨んだ。

「矢を取り出したようだな……ミレーヌ、魔術でこっちに飛んでくる矢を燃やしてみろ。失敗したら、俺が凍らすから」

私はこの旅が決まってから、自分の身を守るために兄様に魔術を教えられた。

公爵邸の裏庭は、お祖母様がいたときに結界を張って魔力の影響が外に漏れないようにしたらしいので、そこで魔術の実戦練習を行った。ジャンが射った矢が落ちるまでに燃やす訓練もしていたのだけど……こんなに急に使う場面がくるとは思わなかった。

焦るけど、こちらに向かってくる矢を確認する。
一、二、三、四……五本。目を閉じて集中する。
――燃えて！

ボッと音がしたと同時に、矢が炎に包まれる。

地面に落ちるまでに燃え尽きるようにしたつもりだけど、公爵邸以外で初めて魔術を使ったのでうまくできたかわからずハラハラした。

「四本、かな。惜しいね。一本だけ外れてる」

兄様はそう言いながら、私が燃やし損ねた矢を凍らせる。カシャーンと氷が割れる音がして、矢が落ちた。

「いきなりだと難しいわ。あと一本だったのに」

「十分だよ。あとは任せて」

悔しがっている私の傍らで、兄様は盗賊の馬車そのものを凍らせている。馬車は車輪だけ残してすべて凍り、中の盗賊たちは逃げる間もなかった。

このまま運んで街まで連れていき、兵に引き渡すときに融かすようだ。

死にはしないと兄様は言うけど、本当だろうか？

盗賊なんてしているんだから、少しは痛い目に遭えばいいのかもしれないけど。

凍った盗賊が乗った馬車を牽引して、私たちは先に進む。

道中で盗賊が出るかもとは聞いていたけど、実際に目の前に現れるなんて……やっぱり旅は一筋縄ではいかないらしい。

それでも、私にとっては初めての旅で、初めての国外で。

今回は使者として、しかも謝罪をしに行くわけだから楽しい旅ではないこともわかっているけれど。

楽しいと思う気持ちを止められなかった。

お祖母様とお祖父様もこうして旅に出て、いろいろなことがあって、恋に落ちていったのだろう。

私は隣に座る兄様を眺めながら、そんなことを思った。


私たちが一番近くにあった街で盗賊を引き渡してから、数時間後。

「ここがオーガスト公爵邸？」

御者（ぎょしゃ）に到着したと言われて降りると、うっそうと生（お）い茂（しげ）った森が目の前に広がっていた。大きな木が隙間なくいくつも並んでいて、先がまったく見えない。

「どこに入り口があるの？　何も見えないわ」

「あぁ、そろそろ迎えが来ると思うよ。見ていて」

兄様がそう言った瞬間、ミシリミシリと音を立て、目の前の木が動いた。まるで木が自分の意思を持っているかのように、両脇に移動する。

森にしか見えなかったのに、徐々に道が作られていった。

どんどん変わっていく景色に、ただ驚いて見ていることしかできない。

「わぁぁ！」

「すごいだろう？　オーガスト公爵邸には、迎えが来るまで中に入れない。呼ばれていない者は屋敷を見ることすらできないんだ」

感心していると、森の奥から馬車が一台こちらに向かってくるのが見えた。

その馬車が停まると、灰色の髪と目を持つ初老の男性が降りてくる。

ジャンと少し雰囲気が似ている。オーガスト家の執事なのだろうか。

男性はケヴィン兄様に恭しく挨拶した。

「お待たせいたしました。ケヴィン様、お久しぶりですね」

「ああ。ミレーヌを連れてきた。オリヴィア様はもう着いている？」

男性は兄様の言葉に、私を見る。

「ミレーヌ様……あぁ、紫水晶の瞳をお持ちなのですね。オリヴィア様の若い頃を思い出します。使用人一同、歓迎いたしますよ。オリヴィア様は旦那様と一緒に応接室でお待ちです。屋敷まで案内しますので、わたくしどもの馬車にお乗りください」

男性はにっこり笑って、馬車に乗り込んだ。

男性の言う通り馬車の座席についたあと、隣の兄様に小声で尋ねる。

「兄様、紫水晶の瞳ってなんですか？」

「ミレーヌの瞳のことだよ。オーガスト家では紫の瞳を持って生まれた者は大事にされるんだ。オリヴィア様もそうだね。初代当主が大事にしていた奥方が、紫の瞳の美しい人だったらしい」

「なるほど……もしかして、夜会のときのアクセサリーが紫水晶だったのって……」

「そう。だから、お前に似合うと思ったんだ」

兄様との婚約披露の夜会の前にプレゼントしてもらった、紫水晶のアクセサリーを思い出す。それはとても綺麗なものだった。

「着きました。こちらにどうぞ」

私が思い出に浸（ひた）っていると、公爵家の男性が声をかけてくれる。

馬車を降りると、私たちは男性に先導されるまま、屋敷に入った。

そして応接室の前まで連れていかれ、ドアを開けてもらい、中に通される。

ソファには銀髪で紫の瞳を持つ女性と、銀髪碧眼（へきがん）で髭（ひげ）のある男性が並んで座っていた。

ほとんど覚えていなかったけれど、顔を見たらすぐに幼い記憶がよみがえる。

そこにいる女性は、お祖母様だ。

お祖母様の隣にいる男性がソファから立ち上がり、私の前に歩いてくる。

「よく来てくれたね。私はジョセフ・オーガスト。君のお祖母様の弟だよ。よろしくね、ミレーヌ。今代の『紫水晶の姫』に会えてうれしいよ」

「初めまして。ミレーヌ・ルールニーです。お会いできて私もうれしいです」

「おや。もうコンコードじゃないの？」

オーガスト公爵に並んだお祖母様が、くすりと笑う。

綺麗な銀色の髪に紫の瞳。人をからかうような笑い方。

淑女とはかけ離れているけれど、幼い私はそんなお祖母様のことが大好きだった気がする。

「お祖母様、お久しぶりです。実は、私と兄様は表向きは婚約者なのですが、もうすでに婚姻証明書に署名しているんです」

「ミレーヌを他所（よそ）にとられないようにだね。ケヴィンは相変わらず、ミレーヌに関しては余裕がないわね～」

面白がるように言うお祖母様に、兄様はため息をつく。

「なんとでも言ってください。オーガスト公爵、オリヴィア様、お久しぶりです。今回は挨拶（あいさつ）だけに来たわけではないんです。ちょっと問題が起きまして。コンコード公爵から手紙を預かってきています」

「そうか。まぁ、君たち二人の話も含め、ゆっくり聞こうか」

兄様の言葉に、オーガスト公爵は鷹揚にうなずいた。

私たちはソファに座って、お茶の用意をしてもらう。

「しばらくレガールにいられるんでしょ？」

「そうですね……短くても一週間はいると思います。王宮に行く用事もあるので……」

お祖母様の問いに兄様が答えると、オーガスト公爵は首をかしげる。

「王宮か。ミレーヌも連れていくのかい？」

「それも含めて、相談させてください」

「わかった。まず、手紙を読んでからかな」

兄様がお父様から預かった手紙を取り出す。

オーガスト公爵とお祖母様宛に、それぞれ一通ずつ……今回のことだけにしては分厚い。他の用事もあるのかもしれない。

二人はすぐに手紙を開き、読み始めた。

「マーガレット王女が……」

オーガスト公爵は絶句しているが、お祖母様は笑いをこらえてる……が、こらえきれていない。

「お祖母様、笑っている場合じゃないんです。このままだと、私と兄様の結婚式が二年遅れてしまう……」

「それで合同結婚式を？　あまり聞かない話だな」

楽しそうなお祖母様と違って、オーガスト公爵は険しい顔を私たちに向ける。兄様も真剣な表情でうなずいた。

「そうですね。しかも王太子の指名式も同時ですから、大変な騒ぎになると思います。レガール国王がそれに納得してくれるといいのですが……どうでしょう」

オーガスト公爵は考え込むが、お祖母様は真面目に話を聞く気がなさそうだ。明るい声をあげる。

「ここで悩んでいても答えは出ないわ。国王に会いに行くなら一緒に行くわよ。援護射撃くらいならしてあげる。なにしろ、私はレガール国に貸しがたくさんあるんだもの」

確かにレガール国内で信頼される魔女のお祖母様だったら、無理を言っても許可してもらえるかもしれない。だけど、それではのちのち困ることになってしまう。

「お祖母様、それではいずれルールニー王国はレガール国の信用を失うでしょう。誠意を示して、話を進めたいのです」

「俺もそう思う。あまり強引なことはしたくない」

私と兄様が強く見つめると、お祖母様は少し困ったような表情を浮かべる。

「それはそうかもしれないけど……じゃあ、ジョセフを連れていきなさい。この子ならうまく話をまとめてくれると思うわ」

「そうだね。私が行こう。姉様に任せると、どうしても強引になってしまうからね」

お祖母様の提案に、オーガスト公爵はうなずいてくれた。

もしかしたらお祖母様に振り回された過去があるのだろうか。何か思い出したのか渋い顔になっている。

「よろしくお願いします、公爵。……どうしてもダメだったら、お祖母様もお願いします。私、兄様と早く結婚したいのです」

どうしてもレガール国王が合同結婚式を認めてくれないのなら、お祖母様の貸しを利用してでも許しをもらいたい。

そう意気込んでいたら、みんなが微笑んで私を見ていた。

あれ？　おかしいことを言っただろうか？

兄様を見たら、口元をおさえて顔を赤らめていた。

そのあと、無言で頭をなでられた。……どうしたのだろう？

私たちがオーガスト公爵邸に着いた次の日の朝、オーガスト公爵に手紙を預け、王宮へと届けてもらった。謁見を申し込むためだ。

私たちは許可が下りるのを待つことになった。

その間は心配ばかりが募ってなんだか落ち着かなかったけれど、思っていたよりも早く謁見の許可は下り、王宮に行くのは三日後に決まった。

その次の日に王宮から招待状が届いたのだが……私と兄様、オーガスト公爵はそれをのぞき込んで眉をひそめた。

それには、謁見と同時に私と第二王女とのお茶会の場を設けたいと記されていたからだ。

こんな急にお茶会に呼ばれるなんて、思ってもみなかった。第二王女についてはマーガレットから聞いたことしか知らない。

もうすぐ十三歳だということ、魔力がないということ、もしかしたらマーガレットと同じように留学するかもしれないということ。

意図がわからず悩んでいると、同じように難しい顔をした兄様がオーガスト公爵に聞く。

「第二王女とは、どのような人なのですか？」

「第二王女……メリッサ王女はあまり人前に出てこない。マーガレット王女と違って、女王になるように育てられてもいない。どこか魔力を使わない他国に出されるのではないかと思う。レガール国内で嫁ぐのは、難しいだろうな。マーガレット王女の件で遺伝の話を公表してしまった以上、高位貴族は嫌がるだろう。この国の貴族はとにかく魔力の強い子を望むからな」

「ミレーヌと会わせるのは、どうしてだと思いますか？」

「わからないな。ルールニー王国に嫁がせるならば、会わせておきたいのはわかるが。政略結婚としては、マーガレット王女が嫁ぐから意味がない。そもそも、マーガレット王女ともほとんど交流していなかったと聞く。姉がいるから行きたいわけでもないだろう」

聞けば聞くほど疑問に思う。

一人で行くのは少し怖いが、私たちはお願いする側だ。レガール側の要求を無下にすることはできない。

「……真意はわかりませんが、私が行くしかありませんね」

「ミレーヌ。お前を一人にするのは心配だ。王宮内で同盟国の王弟の婚約者に何かするとは思えないが、身を守る術は持っておいてくれ」

心配そうなケヴィン兄様を見て、オーガスト公爵が口を開く。

「王宮内での魔術は原則禁止されている。だが身を守るために魔術具を身につけることは認められているから、姉様の魔術具を持っていきなさい。もし君に何かあれば、ケヴィンが暴走しそうだしな……」

「わかりました。お祖母様に相談します。大丈夫だと思いますが、何かあると困るので……もし兄様が暴走したら、止めてくださいね？」

「……絶対に安全な魔術具を持っていってくれ」

真剣な目で言うオーガスト公爵に、私は苦笑しつつうなずいた。

このあとお祖母様に相談すると、これでもかというほど魔術具をすすめられた。

どれだけつけても心配は尽きないと兄様にも言われて、あれこれ身につけられた。

私が重くて仕方ないからもういいと言うまで、試着は続いたのだった。

レガール国の王宮はオーガスト公爵邸から馬車で移動して、数刻かかる距離にある。

だが、オーガスト家は三大公爵家の一つとして王宮に魔術で直接転移する権限を持っているので、公爵と兄様とともに、オリヴィア様に見送られて転移した。

一瞬で王宮に着いて謁見室に向かうと、レガール国王と宰相、公爵家からの養子だというウィレム様がすでに待っていた。

銀髪碧眼というレガール国の王族の特徴を持つウィレム様は、先代王妹が降嫁したフィルド公爵家の嫡男で、王子教育を受けて育った人物らしい。

レガール国では、初代国王の血を引く三大公爵家も王家と同様に王位継承権を持っているため、代替わりが起こったときに備えて子息に王子教育を施す場合があるそうだ。

ウィレム様は今、オーガスト公爵に王太子になるための教育を受け、指名式の準備が進められている。

そのため彼とオーガスト公爵との関係は良好であり、私たちにも友好的な態度であった。

レガール国王も王族らしい銀髪碧眼で長身の、とても穏やかな人物だった。黒髪のマーガレットとは少しも似ていない。

そんな国王はマーガレットが何事もなく王子妃教育を受けているのか心配し、レガール国との違いなどを質問してきた。その様子は娘を心配する父親の姿に見えた。

やがて本題のルールニー国王からの手紙についての話し合いをするために、国王とウィレム様、兄様とオーガスト公爵は執務室に移動することになった。

謁見室には騎士や文官がたくさん待機している。その中でマーガレットの純潔を話題にするのはまずい。あくまでも内密な話として処理するため、人払いをするのだろう。

私は予定通りメリッサ王女とのお茶会の場所へ行くために、女官に案内してもらう。謁見室を出る間際に兄様を見ると、目で「気をつけて」と言われた。

私はそっと腕輪をなでる。過保護だと思うくらい、防御の魔術具は持たされた。私に異変があった場合、この腕輪から兄様の腕輪に伝わるようになっている。

一人だけ別行動ではあるが、兄様と一緒にいるような安心感があった。

第二王女、メリッサ様とのお茶会は、彼女の私室で行うようだ。

迷路のような王宮内を、女官について進んでいく。はぐれたら迷子になってしまいそうだ。

私は物珍しくて、周囲をきょろきょろ見回す。

どこまでも続くように見える石床の廊下に、どこから入ってきているのかわからない光。

ここには、窓が一つもないのだ。扉も近づくまで見ることができず、ただ壁がそびえたっているようにしか思えない。

通り過ぎる一瞬だけ見える扉が、不思議で仕方ない。

扉が見えた壁の一点をじっと見つめていると、女官が足を止めて驚いたように声をあげる。

「見えるのですか？」

「何がですか？」

「扉です。魔力がない者は扉があるところも石の壁が続いているようにしか見えないのです」

女官の答えを聞いて、そういう仕組みだったのかと感心する。

「そうなのですね。確かに扉は見えています。めずらしいですか？」

「ルールニー王国の令嬢だと聞いておりましたので、魔力を持っておられないのかと……」

女官は唖然としてから気を取り直したように一礼して、再び歩き始める。

やがて、女官は壁の前で立ち止まった。

「こちらが姫様のお部屋です」

女官が手で示したところを見ると、一際（ひときわ）大きな扉が光っている。押そうと思ったら、手で触（ふ）れる前に音もなく開いた。

中では、ふわふわな茶色い髪が印象的な茶色い目の小柄な女性が、ソファでくつろいでいた。彼女は私に気付いて立ち上がり、笑顔で迎えてくれる。

この方が第二王女。マーガレットが言っていた通り、小動物みたいだ。

だが、人前にあまり出ないと聞いていたわりには堂々としていて、そのようには見えなかった。

「ミレーヌ様、レガール国にようこそ。第二王女のメリッサよ」

「初めまして。ルールニー王国から参りました、ミレーヌ・コンコードと申します。お茶会にお誘いいただき、光栄ですわ」

挨拶もそこそこに、メリッサ王女にソファに座るようすすめられる。

私が来るまでずいぶんと待っていてくれたのかもしれない。もうすでにテーブルの上には、色とりどりの菓子が並んでいた。

案内してくれた女官はすでに去り、侍女もお茶を置いて出ていってしまった。

人払いをしたわけでもないのに、いつの間にかメリッサ王女と二人きりになっていた。はじめから護衛もついていなかったし、レガール国ではこれが普通なのだろうか。

私が疑問に思っていると、メリッサ王女は気にする様子もなく口を開く。

「来てくれてありがとう。私がお姉様の話を聞きたいからって、お父様に無理を言ったの。迷惑だったかしら？」

「いいえ。私もマーガレット王女から妹君がいると聞いておりましたので、お会いできてうれしいです」

「お姉様が私の話を？　どんな話かしら？」

「学校をどうするのか心配されていましたわ。留学先をどこにするのかと」

そう言うと、先ほどまでニコニコと笑っていたメリッサ王女の表情がガラッと変わった。

「相変わらずなのね……あの人は、人の気持ちなんてまったくわからないのよ。困ったことだわ」

「何か、お気に障（さわ）りましたか？」

見るからに不愉快（ふゆかい）そうなメリッサ王女に、私はおそるおそる尋ねる。彼女はあきらめたようにため息をついた。

「いいのよ。お姉様はそういう人だもの。魔力がないっていっても、他は優秀で完璧（かんぺき）。『美しき魔女』の孫として、その可憐（かれん）な容姿も有名だもの。陰にいる人の気持ちなんてわからないわ……あなたも迷惑をかけられているのでしょう？」

「いいえ、私は特に……」

私が首を横に振ると、メリッサ王女は鋭（するど）いまなざしを向けてくる。

「隠さなくていいのよ？　お姉様はあなたの婚約者だった王子と婚約したのでしょう。愛する元婚約者が幸せになるのを、間近で見なければならないなんて。本当に、本当にお気の毒だわ。幼い頃から婚約者として王宮に縛りつけておきながら、いらなくなったからってすぐ婚約解消して。その上、邪魔だからってレガール国に追いやったケヴィン様と婚約させるって……ルールニー王国の王族は、みんな傲慢（ごうまん）な人たちなのかしら」

感情的になっているメリッサ王女。真っ向から否定しても聞いてもらえないかもしれない。

話してみて思ったが、メリッサ王女はまだ幼い。もうすぐ十三歳と聞いているが、それよりも幼く感じられる。

どう説明したらわかりやすいだろうか。

「いいえ、メリッサ王女。婚約を解消したのは、レオナルド様の運命の相手が私ではなかっただけです。レオナルド様とマーガレット王女は、とてもよくお似合いですのよ？　私もケヴィン兄様と婚約することができて、幸せだと感じています。心配していただいたのですね、ありがとうございます」

そう言ってもなお、メリッサ王女は眉をひそめている。私の返答が不満そうだ。

マーガレットとは仲がよくないというから、一緒になって彼女を責めてほしかったのだろうか。

なんと言っていいかわからず、しばし沈黙が流れる。

「……私、ミレーヌ様のことが気に入ったわ。これは大切なお友達にしか出さないチョコレートなの。特別に取引して手に入れているものなのよ。綺麗でしょう？」

メリッサ王女は、突然少し離れていたワゴンからチョコレートの箱を取り出して私に見せた。

宝石のように並べられたチョコレートは赤や青など色とりどりだ。

このようなチョコレートは初めて見た。

「とっても美味しいのよ。ミレーヌ様、召し上がって？」

毒見もいないのに大丈夫だろうかと思ったが、お友達だから特別にとすすめられて断ることはできない。手前にあった赤色のチョコレートを一つつまんで、口に入れる。

チョコレートの中からリキュールのようなどろっとしたものが出てきた。

少し酸味のある中身と一緒に、チョコレートを呑み込む。

それを見届けたメリッサ王女は、にっこりと笑った。

「さんざんな目に遭って……あなたも本音では、ルールニー王国にいたくないのでしょう？　もう我慢しなくていいのよ。この国にはあなたのことを迎えてもいいっていう令息が、たくさんいるの。紹介するわ。皆さん、入ってきていいわよ」

メリッサ王女が呼ぶと同時に、奥の部屋から貴族令息だと思われる男性が五人出てきた。

侍女がいない部屋に男性を呼んでいるなんて、信じられない。

それに、この部屋には護衛もいない。兄様に連絡するか迷ったが、今はレガール国王と大事な話をしているところだ。あまり騒ぎにはしたくない。

ここをどう切り抜けよう……

私が考えていると、メリッサ王女は心からの笑みを浮かべる。

「先ほどのチョコレートには媚薬（びやく）が入っているの」

媚薬（びやく）？　あのチョコの中の液体が？

あまりにも純粋な笑顔に、真意がどこにあるのかつかめない。

こんなことをしている罪悪感はないのだろうか。

「食べたらすぐに効き目が出るそうなのだけど、どうかしら？　ミレーヌ様はこの令息たちの中から一人を選んでくれればいいわ。そしたらあなたはもう国に帰らなくて済むのよ。既成事実を作ってしまえば、ケヴィン様と望まない結婚をすることもない。もう素直になって、嫌なことから逃げてしまえばいいわ。この令息たちもお姉様の被害に遭った人たちなのよ。あなたの苦しみをわかってくれるわ」

マーガレットの被害に遭った人たち？

メリッサ王女の言うことが理解できないでいるうちに、令息たちが私の前に出て笑いかけてくる。

「初めまして、ミレーヌ様。あなたのような美しい方にお会いできて幸せです。ぜひ、私の妻としてこの国にいてくれませんか？」

「いえ、それは私の役目です。社交界が苦手なら、ずっと屋敷にいてくださってもかまいません。うちに来てくれますよね」

「そんなの、閉じ込めているのと同じだろう。俺はミレーヌ様にそんな思いをさせませんよ？」

令息たちから同時に話しかけられて、困惑する。

「ミレーヌ様、そろそろお決めにならないと身体がつらくなってきますよ？　お部屋は用意してありますので、ご安心を」

令息たちの後ろからメリッサ王女に声をかけられた。何を安心しろと言うのか。

事態をただ見守っているような様子のメリッサ王女に呆（あき）れてしまう。

「メリッサ王女、私はルールニー王国の王弟、ケヴィン兄様の婚約者です。他の令息を選ぶことなど、ありえません！　同盟国の王弟の婚約者に媚薬を飲ませるなんて、罪に問われないとお思いですか！」

私の怒りに圧されて、令息たちが黙る。一方のメリッサ王女はまったく動じていないようだ。

「罪に？　どうしてですか？　私はミレーヌ様が素直になってくれないから、ちょっと後押ししているだけですよ？　このまま帰ったら、もう逃げることができなくなるでしょう？」

これだけ私が否定しても、心から不思議だという顔をする。

もしかすると、本気で私を助けようとしているのかもしれない。

思い込みの激しさ……マーガレットと姉妹だというのがちょっとわかる。

素直ゆえに暴走すると手がつけられなくなるのだろう。

「私はルールニー王国から逃げる必要などございません！」

「まぁまぁ、ミレーヌ様。僕らの中から好きな者を選んでいいんですよ？　なんなら、全員を選んであとで決めてもらっても……」

メリッサ王女との不毛な会話が終わるのを待ちきれなくなったのだろうか。にやにやと笑う令息に腕をつかまれそうになる。

一歩後ろに下がって逃げようとしたら、後ろにいた別の令息が私を抱きしめようと腕を伸ばしてきた。

――その瞬間、バシッと音が鳴った。

私の身体の周りを、数本の蔓(つる)が警戒するように回っている。

先ほどの音は、蔓(つる)が令息をはじいた音のようだ。

これは……いばら？

どこから出てきたのかわからないが、蔓(つる)は私を守ってくれているらしい。

「なっ。魔術か⁉」

「ルールニー王国の令嬢が、なぜ魔術を使えるんだ⁉」

令息たちは突然の出来事に動揺している。

今のうちに逃げよう。廊下に出て助けを求めればいいだろうか。

とにかく令息から距離をとろうとしてると、部屋の扉が突然爆発した。

「⁉」

「ミレーヌ、大丈夫か！」

爆発した扉から、ケヴィン兄様とオーガスト公爵が飛び込んでくる。

私が令息たちに囲まれているのを見て、一瞬のうちに兄様から冷気が発された。

あっという間に令息たちは五人とも氷漬けになって、床に転がる。

兄様が近づいてくると、私の周りをぐるぐると回っていた蔓がシュルシュルと音を立てて消えていった。蔓が消えると同時に、兄様に抱きしめられる。

「腕輪が反応したから、ミレーヌに何かあったんだと思って来たんだ。腕輪の石の色が変わっている……毒を飲まされたのか？」

私は、毒を飲んだ際に中和してくれる魔術具の腕輪を身につけていた。

その腕輪の石の色が、青から黒に変わっている。これは、中和が完了したという合図だ。

この腕輪のおかげで、媚薬が効かなかったのだろう。

「兄様、チョコレートに媚薬が入っていたの」

「媚薬だと！　誰が飲ませた⁉　腕輪のおかげで無事だったとしても、許すわけがない。もう、この王宮ごと壊してもいいよな？」

兄様の魔力が膨れ上がるのがわかった。

王宮ごと壊すって、それはまずいのでは？

そう思った私が止めるよりも先に、オーガスト公爵が声をかける。

「ケヴィン、ちょっと待て」

「待つ理由はない」

「そう言うな。陛下たちが追いかけてきている。状況を本人が説明するまで待て。王宮ごと壊されたら話ができん」

オーガスト公爵を見ると、メリッサ王女を後ろ手にして取り押さえている。

王女をそんな風に取り押さえていいのだろうか？　兄様に凍らせられるよりはマシなのかもしれないけれど……

私がそんなことを考えていると、レガール国王と宰相、ウィレム様が部屋に駆け込んできた。

「これはどういうことだ。何が起きたか、説明してくれ……」

レガール国王は、はぁはぁと息を荒くしながら言う。

「ミレーヌ、説明できるか？」

兄様に促されて、私はうなずいた。

「はい。私はメリッサ王女とお茶していたのですが、すすめられて食べたチョコレートに、媚薬が入っていました。その上で、ここにいる令息たちの中から一人選んで既成事実を作って婚姻し、貴国にとどまるようにと」

「媚薬だと!?　……あとは何かされたか？」

「断ると、令息たちが私をつかまえようとしました。いばらの蔓がはじいてくれたので、触られてはいません」

　私が答えると、オーガスト公爵は険しい表情で令息たちの顔を順に見つめた。

「陛下、この令息たちは、マーガレット王女の側近候補だった者たちですな？」

「あぁ、そうだ」

「では、マーガレット王女を女王にするため求婚の手紙を送ったのも、こいつらで間違いないと？」

「おそらく。全員かどうかはわからないが」

　レガール国王の答えを聞いて、オーガスト公爵は厳かに首を縦に振る。

「では、こいつらは凍らせたまま、一人ずつ牢に入れましょう。私欲でマーガレット王女を擁立しようとしたならば、反逆罪の疑いもある。衛兵！　転移してこい！」

　オーガスト公爵が呼んだ途端、廊下にずらっと衛兵が転移してくる。そして令息たちは凍ったまま運ばれていった。

　それを見届けたあと、オーガスト公爵はメリッサ王女へ視線を移した。

「それで、メリッサ王女。あなたにも取り調べをしなければいけませんな」

「どうしてかしら。痛いし、放してほしいのだけど」

　まったく悪気のなさそうなメリッサ王女に、オーガスト公爵はさらに眉間のしわを深くする。

「あなたは同盟国の王弟の婚約者に媚薬を盛ったのですよ。しかも令息たちをけしかけて」

「だって、そうでもしないと、ミレーヌ様がお可哀想だったから」

「「「は？」」」

この場にいる者全員が、彼女の言い分の意味がわからず固まってしまう。メリッサ王女はさも自分が正しいといった表情で話し続ける。

「だって、元婚約者とお姉様の幸せな姿を近くで見せつけられた上に、ミレーヌ様はケヴィン様との婚約を押しつけられたのでしょう？　こうでもしないと逃げられないと思ったのよ。もう少しだったのに」

本当に残念そうに言うメリッサ王女。あれだけ否定したのに、まだ誤解しているようだ。こんな風に兄様の腕の中にいる私を見ても、まだそう思うのだろうか。

「メリッサ王女、それはメリッサ王女の誤解です」

「誤解？　私が？」

「そうです。私は望んでケヴィン兄様と婚約したのです。レオナルド様のことを慕ってなどいませんし、マーガレット王女との仲を見て、つらく思うこともございません」

「……え？」

　メリッサ王女はきょとんとしている。ようやく話がすれ違っていることに気付いたらしい。

　私たちのやりとりを見て、兄様は納得したように首を縦に振った。

「あぁ、そういう誤解か。わかった。メリッサ王女、ちょっといいか？」

「なんですの？」

「俺とミレーヌはずっと想い合っている。むしろ、レオナルドとの婚約のほうが国のために無理やり行われたものだった。やっとお互いに幸せになれるんだ。誰も文句なんてない」

「……うそ」

「嘘じゃない。さっきミレーヌの身体を守っていたのは、『いばらの誓い』だ。これはお互いに相手を唯一とする誓いだ。見ろ」

　呆然とするメリッサ王女に、兄様は左手で私の右手を持ち上げた。手首に赤く浮かび上がったいばらの模様を見せつける。

　すると、メリッサ王女よりも、レガール国王とウィレム様、宰相が驚いて声をあげた。

「おお。『いばらの誓い』だと！」

「初めて見ました」

「私も」

三人の反応を見て、オーガスト公爵は呆れたようにメリッサ王女に向き直る。

「メリッサ王女。これでわかりましたか？　ケヴィンとミレーヌは幼い頃から、互いを唯一の伴侶にと望んできたのです。政治の都合上仕方なく、一度は離ればなれになりましたが、ようやく結ばれるのです。これほど幸せなことはありません」

「……そんな……」

公爵からも説明されて、自分の行いが間違っているのがわかったのか、メリッサ王女は真っ青な顔をしている。

オーガスト公爵は力が抜けて座り込んだメリッサ王女の手を離し、レガール国王と宰相に詰め寄る。

「メリッサ王女はもちろん、国としても責任をとらなければいけませんね、陛下？　同盟国の王弟の婚約者に媚薬を盛って、令息を五人もけしかけたんですから。とんでもないことですよ。ルールニー王国とは長年友好関係が続いていましたが、破綻しかねません。戦争になってもいいのですか？」

レガール国王と宰相は今にも倒れそうだ。それを見たウィレム様が前に出て私たちに頭を下げた。

「申し訳ありません。王弟殿下にもミレーヌ様にも、謝って許されるような話ではないです。すぐさま処分を検討しますので、少し待っていただけますか。それ相応の対処をいたしますので、どうでしょうか……」

養子になったばかりでメリッサ王女とはほとんど関係もないウィレム様が真摯に謝ってくれているというのに、後ろにいるレガール国王と宰相は黙ったままだ。

「……ウィレム様、その話し合いには私も出席しますよ？　いいですね？　陛下、宰相？」

オーガスト公爵が今までにないくらい冷たい声で言うと、レガール国王と宰相がびくっとする。

公爵がいればきちんとした処分が下ることは間違いないと思う。

それに、レガール国王と宰相は頼りないが、ウィレム様はきちんと対応してくれるような気がする。

兄様もそう思ったのか、レガール国王や宰相ではなくウィレム様に向き合った。

「ウィレム殿、あなたならきちんと処分を下してくれると思います。俺たちはオーガスト公爵邸に戻りますので、処分が決まったら連絡してください」

「わかりました」

とりあえず、メリッサ王女は私室に幽閉されることになった。国王たちと話し合いをすると言うオーガスト公爵を残し、私と兄様は帰ることにした。

自分のしたことが間違っていたとわかってから、メリッサ王女は一言も話さず、呆然としている。侍女に言われるままにおとなしくしているメリッサ王女は小動物が怯えているように見えて、少しだけ悲しくなった。

こんな思い違いがなければ、仲良くなれたかもしれないのに。

オーガスト公爵邸に帰ると、私たちはお祖母様に腕輪を見せながら今日の出来事を説明した。

「あら、まあ」

お祖母様の第一声は、なんとも気の抜けたものだった。

意外と怒らないのだろうかと思ったら、違った。

「やっぱり一緒に行けばよかったわ。扉だけとは言わずに、あと何部屋かぶっ壊してしまえばよかったのに」

口調はのんびりしているが、言っていることは全然のんびりじゃない。

扉を壊したのが兄様じゃなく公爵だと聞いたときには驚いた。やっぱり姉弟は似るのかもしれない。

お祖母様を連れていかなくて本当によかった。兄様と一緒になって王宮ごと壊してしまいそうだ。

私は内心そんなことを考えて苦笑しながら、お祖母様に言う。

「とりあえず、無事です。毒消しの腕輪が媚薬の効果も消してくれたようです。お祖母様から魔術具をお借りして本当によかったです」

「あら、ホント。色がここまで変わったら、もう使えないわね。かなり危険な媚薬じゃなければ、こんなことにならないわ。メリッサ王女がどこから手に入れたのか調べないと。……もし、もう誰かに使っていたのだとしたら大変よ」

そこまで危険な媚薬だったのか。以前飲まされた媚薬も強かったとあとから聞いたが、あれ以上なのだろうか。

私は目を見開きながら、考える。

もしメリッサ王女が私以外にも媚薬を使っていたとしたら、あの態度はおかしい。

「おそらくですけど、王女は誰にも使っていないのではないかと思います。まだ十二歳の王女が、媚薬の効果をどのくらい理解していたのかはあやしいです。王女が一度でも誰かに使ったことがあれば、あんな悪意のない表情はできないのではないでしょうか？おそらく用意したのは、あの令息たちの中の誰かじゃないかしら」

メリッサ王女の思い込みではあったが、彼女が私を助けようと思っていたのは本当だろう。

その善意を令息たちにいいように利用されたのではないだろうか。

もし悪意を持っていたなら、違うやり方にしたはずだ。

私は兄様にそう説明した。

「そうかもしれないが、強い媚薬を持っていたのは気になる。どちらにしても調べたほうがいいな。そんなものがルールニー王国にも出回ったら困る。公爵が帰ってきたらお願いしよう。とりあえず、この話はこれで終わりだな」

私と兄様の話を聞いていたのかいないのか、突然お祖母様が私たちに尋ねる。

「ジョセフはいつ帰ってくるの？　私、迎えに行っちゃダメかしら？」

……お祖母様が迎えに行ったら、現場が混乱することは間違いないだろう。兄様もそう思ったのか、苦笑しながら口を開く。

「公爵はそんなに時間はかからずに帰ってくるだろう。国王と宰相は使い物にならなかったけど、ウィレム殿は期待していいと思いましたよ」

「あら、そう？　まだ十九歳なんだけど、しっかりしているのよね。三大公爵家の一つ、フィルド家の長男よ。フィルド家は次男が継ぐことになったわ」

「あれで十九歳か。レオナルドと同じ年？　……ホントか？　帰ったら、レオナルドにきっちり教育し直さないとだな」

　私も兄様の言う通りだと思う。

　国王や宰相が頼りない中、兄様とオーガスト公爵の応対をしたのはウィレム様だけだった。あれがレオナルド様だったら、慌てて何もできなかった気がする。

「ウィレム様の母親は、先代の国王の年の離れた腹違いの妹のジュリア王女よ。フィルド家に降嫁したのだけど、今の国王と王妃に何かあったらジュリア王女が女王になることが決められていたから、念のためにウィレム様はもともと王子教育を受けて育ったのよ。……それにしても国王もまずい対応をしたわね。もしかしたら譲位が早まるかもしれないわ」

「譲位ですか？　ウィレム様は王太子の指名式もまだですよね？」

「そうだけれど、国王は三大公爵家のうち二家を敵に回してしまったから、このまま王位につき続けるのは難しいわ。この国で王でいるには、三大公爵家すべての承認が必要なのよ」

　私の問いにお祖母様は首を横に振り、再び口を開く。

「もともとジュリア王女は兄である先代国王を軽蔑していて、甥である国王とも仲がよくないのよ。だからマーガレット王女が生まれた時点で、すぐさま息子たちに魔力の強い婚約者を選んだの。マーガレット王女の王配に選ばれないようにするためにね。そうするほどフィルド家は国王と距離を置いていた。メリッサ王女がミレーヌを害そうとした上にまともに対応できないのであれば、ジョセフもう現国王を認めることはできないでしょうね。フィルド公爵とジョセフは、承認を取り消すはずよ。まぁ、ウィレム様も婚約者の侯爵令嬢も優秀だし、いつ譲位されても問題ないでしょう。先代国王と『美しき魔女』で乱された系譜も、これで元に戻れると思うわ……」

お祖母様を捨てて『美しき魔女』を選んだという、先代国王。

数年前に亡くなったそうだが、自分の選択により王家の権力の保持が難しくなったことを知ったら、どう思うのだろうか。先代国王よりも前に亡くなったという『美しき魔女』も。

結局、先代国王と『美しき魔女』の血は王座に継がれることはなくなった。

よかったことといえば、今回の事件により、合同結婚式の件が断られることはないだろうということだ。話し合いさえ終われば、早めに帰れるかもしれない。

そうなればいいなと思いながら、私は兄様とお祖母様とお茶をしながらオーガスト公爵の帰りを待った。

◆

レガール国の国王は、冷たい目をしたオーガスト公爵を前にして冷や汗をかいていた。

オーガスト公爵は鋭く国王を見据え、口を開く。

「さて、どのように罪を償っていただきましょうか？」

「……公爵、なんとかならんか？」

「陛下。私はこの件につきまして、かばう気はまったくありません」

「そんな……公爵がなんとかしてくれないと困る……」

国王は狼狽していた。

三大公爵家の中で最も力を持つオーガスト公爵がこんなに怒っているのを初めて見たからだ。

オーガスト公爵の姉オリヴィアは、平民として身分は隠してはいるが国内随一の魔力を持つ魔女であり、国民からの信頼も厚い。

ルールニー王国の王弟ケヴィンが彼女の補佐として研究所で働いていたのはもちろん知っているから、彼の妻となるコンコード公爵令嬢とオーガスト公爵が親しいのは理解できる。

ただ、少し親しいくらいの間柄の令嬢をこんなに大事にしているのはどういうことなのだろうか。

確かにメリッサは彼女を害そうとしたが、結果的に彼女は無事だった。

それなのにどうして、こうも怒っているのだろう？

思考を巡らせる国王に、オーガスト公爵はため息をつく。

「ミレーヌは、今代の『紫水晶の姫』です。おわかりですか？　オーガスト家はあなたの敵に回ったのですよ？」

『紫水晶の姫』！

その言葉に、国王は愕然とした。

『紫水晶の姫』とは、オーガスト公爵家の中でも、特に大事にされている令嬢のことだ。その者たちはみな紫の瞳をしているため、そう呼ばれているらしい。オーガスト公爵家の中でも魔力が強く、また美しいといわれている。

歴代の『紫水晶の姫』は王妃になることが多かったためか、公爵家では何よりも守られるべき存在だと聞いている。

とはいえ、コンコード公爵令嬢がオーガスト公爵家の『紫水晶の姫』である意味はわからない。

「どうして、コンコード公爵家の令嬢が『紫水晶の姫』なのだ！」

「ミレーヌの祖母はオリヴィア姉様です」

オーガスト公爵に即答されて、血の気が引いていくのを感じる。そんなこと聞いてない！

ウィレムも目を見開いて、勢いよく立ち上がる。

「待ってください！　どうしてオリヴィア様の孫がルールニー王国の令嬢なんですか？」

「ウィレム様は知らないかもしれませんが、姉様は先代国王の婚約者でした。ですが、それを婚約破棄を言い渡されたのです。幸い、姉様はコンコード公爵家に嫁ぎましたが、それを公表することはできず、平民として身分を隠したのです。わかりますか？　レガール国は『紫水晶の姫』を二度も傷つけたのです。オーガスト家として、許すことはできません」

話を聞けば聞くほど、今回のことがまずかったことがわかる。

オーガスト公爵家が何よりも大事にするという『紫水晶の姫』に媚薬（びやく）を盛って、五人もの令息をけしかけた。

とんでもないことだ……。どう謝っても、許してもらえる気がしなかった。

ウィレムは震える声で言う。

「オリヴィア様の婚約破棄の話は聞いていました。オリヴィア様が身分を隠していることも。母は先代国王の妹ですから……『当時、兄の婚約者だった彼女を姉のように慕っていた』と。ミレーヌ様が孫だとは知りませんでしたが……公爵は、この国を出る気ですか？」

「それも考えなければいけませんね。陛下と宰相がこの状態ではね……」

オーガスト公爵の言葉に、国王とウィレムは青ざめて黙り込む。

それに、この国を守る結界を維持するためには三大公爵家の力が必要だ。

オーガスト公爵が国を出てしまったら、国王の承認も消されてしまうだろう。

オーガスト公爵がいなくなり結界が力を失えば、貴族たちは黙っていない。

以前、この国はガヌール国と戦争し、やっと同盟を結べたところで、外交が完全に安定しているとはいえない。

その上で、ルールニー王国との関係も危うくなってしまったら……この国は終わってしまう。

「陛下、私はあなたに仕える気はない」

オーガスト公爵の言葉に、国王はうなだれることしかできない。

その傍らで、ウィレムは毅然とした顔でオーガスト公爵を見る。

「公爵、ミレーヌ様とケヴィン様には、どう償えばいいでしょうか。謝って済む話ではない」

「まずは国として、マーガレット王女とルールニーの第一王子の結婚を無条件で祝福し、合同結婚式を認めること。それが今回のミレーヌとケヴィンの来訪の目的ですからな。合同結婚式の準備はルールニーに一任することが必須でしょう。そして、メリッサ王女だが……」

オーガスト公爵はしばし沈黙したあと、再び口を開いた。

「ガヌール国に嫁いでもらおう。ガヌール国も魔力の強さを重視する国。メリッサ王女は魔力がないので、正妃にはなれない。十三歳になったら、ガヌール国に留学するのと同時に、将来の側妃として輿入れできるよう打診しよう。そうなれば、メリッサ王女は、もうレガールに帰ってこられない」

「ガヌール国に、ですか」

首をかしげるウィレムに、オーガスト公爵はうなずいた。

「王妃候補を失っているあちらにも悪い話ではないはずだ。ガヌール国はミレーヌをほしがった。『いばらの誓い』があるとはいえ、男女の関係はなしに婚姻を結ぶことは可能だ。ミレーヌの才能だけを求めるなら、ガヌール国の王太子が再度婚姻を求めてくる可能性もある。その代わりとしてレガールがガヌールにメリッサ王女を妃として差し出せば、小さくはあるが抑止力になる。ミレーヌには手出しさせないという意思が伝わるだろう」

真剣な目で聞くウィレムをちらりと確認してから、オーガスト公爵は続ける。

「ガヌール国は我が国の同盟国だが、ミレーヌの件でルールニーとの関係は微妙だ。だが、ルールニーも国交を絶やしたいわけではないだろう。三国の関係をこのまま維持するには、レガール国が橋渡ししなければならない。その役目は……ウィレム様、あなたがしてください。ケヴィンはあなたを信用できると判断したようだ。ルールニーの信頼を取り戻してください。陛下はもうルールニーとの外交には干渉しないこと。決定権はすべてウィレム様が持つように」

「はい！」

オーガスト公爵は、力強く返事をするウィレムと弱々しく首を縦に振る国王を見比べる。

「メリッサ王女には監視をつけて、軟禁してください。自分のしでかしたことには気がついたようですが、まだ事の大きさがわかっていない。これ以上勝手なことをされては困ります。いいですね？」

「わかりました。陛下、宰相、それでいいですね？」

ウィレムの言葉に国王はもちろん否を唱えることなどできず、今まで何も言わなかった宰相も口を結んだまま首肯した。

それを見たオーガスト公爵は、小さく嘆息する。

「あなたが国王になるまではこの国にいますよ、ウィレム様。大事な『紫水晶の姫』を傷つけた陛下はさっさとウィレム様に譲位して、隠居していただければと。もともと今の状態は長く続けていいものではなかった。あなたの魔力量では、結界を維持できない。いつ壊れてもおかしくないのだから……私は三大公爵家の協議の場を設けるために準備しますので、失礼いたします」

そう言ったオーガスト公爵はじろりと国王を睨んだあと、部屋を去っていく。

ウィレムも一礼したあと、オーガスト公爵のあとを追った。

国王は宰相と二人残された部屋の中を呆然と眺める。

国王を選び、承認する立場である三大公爵家。

その一つであるフィルド家が、ウィレムの生家だ。

フィルド家とオーガスト家が離反したならば、自分を退位に追い込むことなど造作もないだろう。

ウィレムを養子にした時点で譲位しなければいけないことはわかっていたが、こんなにも早く玉座から降りることになろうとは。

父が三大公爵家から選ばれた婚約者のオリヴィア様をないがしろにした時点で、本当は別の者が国王につくはずだった。父や自分が国王になれたのはガヌール国との争いがあったために、代替わりで起こる国内の混乱を避けただけにすぎない。

それに、この国の結界を張るためには、その代の国王の魔力が必要だ。だが、自分一人では魔力量が足りず、現在は王妃と二人でなんとか結界を維持している状態である。

そもそも魔力主義のこの国で、自分は国王の器ではなかったのだ。

『美しき魔女』に目をくらませ、結果的に王家を潰えさせることになった父の顔を思い浮かべ、国王は思わず自嘲したのだった。

◆

「戻ったよ～」

私と兄様、お祖母様でお茶を楽しんで、夕方になった頃。オーガスト公爵が帰宅した。

「おかえりなさい。話し合いはどうでしたか？」

「あぁ、いいね～。ミレーヌからおかえりなさいって言われると、娘に言われているみたいでいいなぁ」

「何言ってんの、ジョセフ。孫の間違いでしょ」

頬を緩ませているオーガスト公爵に、お祖母様がそう指摘する。

一国の将来の話をしてきただろうに、オーガスト公爵の雰囲気は軽い……

話し合いは無事に終わったのだろうか？

「それで、どうなりそうですか？」

「明日の朝に、三大公爵家を集めて今回の件を話し合う。陛下の退位やウィレム様の王太子の指名式の時期についても相談することになる。それが終わり次第、ルールニー国王への手紙を作成するよ。もちろん、合同結婚式の了承と、マーガレット王女と第一王子のことは許しを得た。日取りも準備も、ルールニー王国の好きなようにしていいと。詳細が決まったら、一応連絡はしなければならないが」

「わかりました。どうなることかと思いましたが、無事に兄様と結婚できそうで安心しました」

私が微笑むと、公爵はわずかに眉をひそめる。

「……ミレーヌがそれでいいならいいが、もっと怒ってもいいんだぞ？　媚薬なんてとんでもない。姉様の魔術具があって、本当によかったよ。あ、ルールニー王国へ帰るときは新しいものを持っていくといい。予備もね！　たくさん持って帰っていいから！」

また思い出したのか怒り始める公爵に思わず笑ってしまう。

父親のように心配されて、なんだかうれしくなった。

とりあえず腰を落ち着け、みんなでお茶を飲む。

オーガスト公爵からいろいろ聞いているうちに、メリッサ王女の処罰についての話になった。

「十三歳になると同時に、メリッサ王女は留学という形でガヌール国に行くことになった。卒業しても向こうの王宮にとどまり、側妃にしてもらう予定だ。この国に帰ってくることは一切できない」

そういえば、ガヌール国の王太子と婚約していた令嬢は亡くなったと聞いた。その王太子の側妃として輿入れするのだろう。

魔力がないから正妃にはなれないだろうけど、子どもには王位継承権がもらえる。うまくいけば国母になれるかもしれない立場だ。第二王女という身分のメリッサ王女が嫁ぐ先として悪くはないと思う。

「それを、メリッサ王女は承諾したのですか？」

「承諾するしかないだろうね。あの媚薬チョコレートを食べさせて令息たちの前に出すのと、どっちがいいか選ばせようか」

私の問いに、オーガスト公爵は冷たく笑って答えた。

それは……メリッサ王女は承諾するしかないだろう。

媚薬のつらさはよくわかっている。腕輪のおかげで効かなかったけれど、だからといって許せるものではない。

それに同盟国の王弟の婚約者に媚薬を盛るなど、王女という立場の者が軽はずみにしてはいけないことだ。

戦争になってもおかしくない事態だった。それを考えたら、処罰としては軽いだろう。まだ十二歳ということが考慮されたのかもしれない。

メリッサ王女がそこまでわかってくれているといいのだけど。

こっそりため息をついていると、お祖母様が私に話しかける。

「そういえば、あなたたちが来たときに預かったクリスからの手紙だけど、中身知ってる？」

「え？　お父様からのですか？　合同結婚式のことじゃないんですか？」

　私が首をかしげると、オーガスト公爵はにこやかに言った。

「実はね、クリスがオーガスト公爵家をいつから継ぐかってことが書いてあるんだ」

「は？」

「えぇ？」

　兄様も私も、間抜けな声を出すことしかできなかった。

　お父様が、オーガスト公爵家を？　ということは、ルールニー王国を出るんですか？

　きょとんとしている私たちに、オーガスト公爵は苦笑した。

「私には子どもがいないんだ。子ができる前に妻が病気で亡くなってしまったから。それから先代の国王にレガール国のために再婚しろと言われた。姉様を捨てたくせに何を言うんだと断ったよ」

「レガール国のために？」

　どういうことだろうと思っていると、お祖母様が説明してくれる。

「レガールは、魔力で国中に結界を張ることで守られているの。初代国王である魔術師が作ったものよ。代々国王は即位と同時に結界の管理者を引き継ぐための儀式を行うのだけれど、それを始めるには三大公爵家の当主の魔力が必要なの。だから、オーガスト公爵家の血が途絶えると国が困るのよ。ただでさえ陛下は魔力が弱くて一人では結界を保てず、王妃と二人で儀式を行ったの。そのせいで結界はとても不安定な状態なのよ。結界は一度壊れてしまったら修復できる魔術師はいないわ。だからこそ、早く代替わりするようにジョセフは言っているのよ」

オリヴィア様の言葉にうなずくと、オーガスト公爵は改めて話し始める。

「少し話がそれたが……そういうわけで、国に利用されるくらいならと、本当は陛下に代替わりする前に爵位を放棄して儀式を断るつもりだった。だけど、姉様に……ケヴィンとミレーヌがいるって聞いたんだ」

「俺たちが？」

不思議そうな兄様に、お祖母様がうなずく。

「あなたたちがルールニー王国から逃げてきたときには、この家を継いでもらえばいいと思っていたの。ミレーヌは『紫水晶の姫』だから問題なく養子にできるし、ケヴィンもレガールの血を継いでいるしね。公爵家の当主になってしまえば、ルールニー王国も簡単には連れ戻せないでしょう？　そのために存続させていたのよ」

「そんな前から……」

私は唖然とする。国王の代替わり前ということは、私がまだ幼い頃の話だ。

すると、お祖母様がくすりと笑った。

「だって、ケヴィンはミレーヌしか見てないし……いつか暴走して、ミレーヌをさらってくるんじゃないかと思ってたのよ～。ちゃんと結婚できてよかったわね」

兄様を見ると、それは否定できないっていう顔をしている。

私は少し顔を熱くしつつも、気を取り直してオーガスト公爵に尋ねた。

「それで、お父様がどうしてオーガスト公爵家を？」

「あくまでつなぎだね。ケヴィンとミレーヌがコンコード公爵家を継ぐと、オーガスト公爵家は後回しになるだろう？　でも、姉様も私も歳だから長くは待てない。誰かに継いでもらわないと。それにクリスがあと数年でケヴィンに公爵と宰相の座を譲って、こっちでのんびり暮らしたいらしい」

お父様は宰相を引退したら、レガール国で余生を過ごしたいのだろうか。

最近はお母様と仲良しだし、二人でゆっくりしたいのかもしれない。

オーガスト公爵邸は他人が入り込めないようになっているし、お母様も安心して過ごせるんじゃないかと思う。

両親にとってはそれもいいかもしれないと思っていると、お祖母様が話を続ける。

「クリスのあとは、あなたたちが継ぐか、子どもたちに継がせるか、好きにしていいわ。あ、国王次第では継がなくてもいいからね。任せるわ」

コンコード公爵家を継ぐ前に、オーガスト公爵家の未来も任されてしまった。けれど、この家なら継いでもいいかなと思う。

兄様を見ると、同じ考えだったようで笑顔でうなずいた。

「わかった。俺たちか、俺たちの子どもに継がせる。ウィレム殿が国王になるなら、しばらくは大丈夫だろう」

「あぁ、頼んだよ」

オーガスト公爵は、私たちにこの上ない笑みを向けてくれた。


次の日の午後、私は兄様と二人でレガール国の王宮に転移した。

オーガスト公爵は午前中から三大公爵家の話し合いをしているので、転移先で待ち受けていた従者にその場へ案内してもらう。

部屋に通されると、オーガスト公爵とウィレム様の他に、見知らぬ顔が二人いた。

三大公爵家の他の二家、フィルド公爵とバンガル公爵だろう。

オーガスト公爵は私たちに気付くと、すぐに明るい笑顔になる。

「おお、ケヴィンとミレーヌも来たか。ちょうどいい。紹介するよ。こいつがさっき話したケヴィン。次期コンコード公爵だが、将来的にはオーガスト公爵家も継ぐかもしれないから」

「ケヴィン・ルールニーです。顔を覚えておいてもらえるとありがたいです」

「あー、ケヴィン殿、話は聞いておる。息子が昨日は世話になったと……ミレーヌ嬢にも本当に失礼したようで、申し訳ない。ハーベルト・フィルドだ。ウィレムの父でもある。よろしく頼む」

フィルド公爵を名乗った銀髪碧眼で身体の大きい男性は、そう言って軽く頭を下げた。

ウィレム様とは体格や顔つきは似ていない。王妹だった母親似なのだろう。

ウィレム様と同じように心から申し訳なさそうに話すフィルド公爵を見て、この人も信頼できそうだなと感じる。

兄様もそう思ったのか、微笑みながら首を横に振った。

「いいえ、ウィレム殿の責任ではありません。俺は今後もウィレム殿やフィルド公爵たちとはいい付き合いを続けたいと考えています」

兄様とフィルド公爵が握手を交わすと、もう一人の男性が口を開いた。

「俺はバンガル公爵だ。ジョージア・バンガル。公爵家の中では一番の若輩者だ。ケヴィン殿がオーガスト公爵になる頃までいると思うから、よろしく頼む。ミレーヌ嬢にもお会いできて光栄だ」

にこっと笑って手を差し出してくるバンガル公爵は、兄様と年齢がそれほど変わらなそうだ。赤髪と黒目を持ち、細身だが肌の色は健康的で浅黒く、鍛えているように見える。

「俺が継ぐか子どもが継ぐか、まだ決まってませんが、そうですね……そのときにはよろしくお願いします」

兄様も笑顔で答え、しっかりと握手を交わした。

公爵たちがみんなまともだから、この国は崩壊せずに持ちこたえたのだろう。

一通り挨拶を終えたところで、ウィレム様に兄様が問う。

「ルールニー王国への手紙は今作っているところ？」

「それなんだが、ルールニー王国へは私が使者として行く」

そう言ったのはオーガスト公爵だ。

今の状況でオーガスト公爵が国をあけて大丈夫なのだろうか。

兄様も同じように心配そうな顔をしている。

「さすがにこれだけのことをしでかしたんだ。使者が文官ではダメだろう。私が一番適任だと思ってな。……それと、姉様も行くと言っているから、よろしく頼むよ？」

「え？　……え？」

他の公爵たちやウィレム様が、私たちから目をそらす。

お祖母様とオーガスト公爵を使者にするって、大丈夫なのだろうか。
私は若干心配になりながら、場のみんなを見回したのだった。

第七章

　ウィレム様から手紙を受け取った日の翌朝、私たちはルールルニー王国へ帰ることにした。もちろん、使者のお祖母様とオーガスト公爵も一緒だ。

　しばらく馬車に揺られていると、お祖母様がふと提案する。

「ルールルニーに行く前に寄りたいところがあるのだけれど、いいかしら？　少し遠いのだけれど」

「寄りたいところ？」

　私と兄様は顔を見合わせたけれど、反対する理由もない。うなずいて答えた。

　公爵邸を出てから半日ほど、馬車は舗装されていない足場の悪い道をガタガタと走り続けた。

　馬車がゆっくり停まったのは、森の入り口のようなところだ。

　私たちは馬車を降り、お祖母様について歩いていく。

「お祖母様、どこに向かっているのですか？」

「妖精の湖よ。……といっても、実際に妖精の姿を見た人はいないのだけれど。稀に未来の予言が受け取れるの」

「未来の予言……」

不思議な話だが、なんだか心が躍ってしまう。

しばらく森の中を進んでいくと、突然目の前が開け、大きな湖が見えた。

そこで足を止めたお祖母様は、私と兄様に微笑む。

「あなたたちみたいなのは、妖精に面白がられるの。内容はわからないけど、多分予言をしてくれると思うわ。湖の近くまで歩いていくだけでいいの。簡単でしょ？」

「わかった。ミレーヌ、行こうか」

兄様にうなずくと、私たちはお祖母様に言われた通り湖のほとりに行く。

そして手をつないで待っていると、どこからともなく声が聞こえてきた。

――これはこれは。

――めずらしい子たちだ。

――『いばらの誓い』をしているのね。

――すばらしいわ。すばらしい。

――あなたたちの子どもへの言葉を贈るわ。

――子は運命の子を見つけるだろう。

――子は国を憂うだろう。

――子は争いを嫌う者をかくまうだろう。

――皆、幸せを見つけることができるように、祝福を授けよう。

老若男女様々な声が聞こえたと思った瞬間、私たちは暖かい光に包まれた。

その光は一瞬で消えて、あたりは何事もなかったかのように静かになる。

「これは……妖精たちが私たちの結婚を祝福してくれたということでしょうか？」

「間違いないな。俺たちは幸せな夫婦になれるってこと」

兄様に優しいまなざしを向けられて私はうれしくなり、満面の笑みを返した。

妖精の湖を離れ、私たちは再び帰路についた。

寄り道をしたので行きよりも時間がかかり、ルールニー王国に入ったのはオーガスト公爵邸を出てから四日後で、コンコード公爵家に着いたときにはもう日が暮れていた。

さすがに疲れているのがわかったのか、兄様が抱きかかえるように馬車から降ろしてくれた。

そのまま屋敷の中に運ばれる。

「ただいま帰りました」

「思ったより時間がかかったようだな」

ほっとした顔で私たちを出迎えてくれたのはお父様だ。本当は昨日着く予定だったから心配してくれたのか、屋敷で待ってくれていたらしい。

お父様は安堵の笑みを浮かべていたのだが……すぐに私の後ろにいるお祖母様を見て、顔をしかめた。

「母上……来るなら来るって言ってください」

「えぇ～、いいじゃないの。母が息子に会いに来るのに何が問題なの？」

「皆様、長旅でお疲れでしょう。まずは、中に入っていただけますでしょうか」

口をへの字に曲げたお父様と満面の笑みのお祖母様の間に、ジャンがにっこりと割って入る。

お父様があきらめてため息をついたのを合図に、全員で応接室に移動した。

レナに人数分のお茶を淹れてもらったあと、お父様は私たちの顔を見回す。

「手紙は明日王宮で見せてもらうけど、結婚式についての話し合いの結果は、先に聞いておこうか」

「はい、お父様。レガール国の国王陛下には納得してもらいました。結婚式の日取りも準備も、こちら側がすべて決めていいとのことです」

　私が言うと、お父様はぽかんと口を開けた。

「すべて？　こっちで決めていいって？」

「はい。決めたあとで連絡すればいいそうです」

「……一体、何をしてきたんだ？　お前たち。脅(おど)していないよな？　まさか、母上が暴れたのでは……？」

「失礼ね～。私はおとなしく留守番していただけよ」

　お父様にぷりぷりと怒っているお祖母様。

　どうやらお祖母様はレガール国内だけでなく、コンコード公爵家でもいろいろしていたようだ。

　そんな二人の様子を見て、オーガスト公爵が嘆息する。

「それは本当だ。姉様は何もしていない。したのは、向こうのほうだから」

「向こう？　って、レガール国の王族が？」

「そう。第二王女がミレーヌに媚薬(びやく)を盛って、令息五人に襲(おそ)わせようとしてくれてね」

「!?」

　勢いよく立ち上がったお父様に、オーガスト公爵が落ち着くように言う。

そして、レガール国であったことをお父様に説明した。

私が『いばらの誓い』のおかげで無事だったことを知ると、はぁぁぁぁ、と長いため息をついて、お父様は頭を抱える。

私は無傷だったとはいえ、あまりのひどさに考えが追いつかないのだろう。

同盟国の王宮を王弟と王弟の婚約者が訪ねて、こんなことになるとは想像しない。同盟を考え直してもいいくらいの出来事だ。

お父様の様子を見て苦笑しながら、兄様が口を開く。

「詳しくは明日王宮でまた話すけど、とりあえず全部うまくいったから。今日のところはゆっくり休んでもいいか？」

「あぁ、そうだな。とにかく、お前たちが無事でよかった。今日はゆっくり休んでくれ」

お父様がうなずくと、ジャンがお祖母様とオーガスト公爵を客室に案内する。

それを見届けたあと、私は私室に戻る兄様についていった。

最近は二人きりでいられなかった分、のんびりとくつろぐ。

「ふふっ」

兄様のひざの上で頭をなでられているうちに、私はつい思い出し笑いをしてしまった。

それを見て、兄様が不思議そうな顔をする。

「どうかしたか？」

「うん。お父様が面白かったなって思って。お祖母様が来て驚いていたし、媚薬の話を聞いて真っ青になってた。あまり意識したことがなかったけれど、ちゃんとお父様に愛されているんだなって思って……」

「そうだな。宰相はあまり表に出さないけど、ちゃんとミレーヌのことが大事で、とても心配していると思うよ」

「お祖母様たちもしばらくは一緒だし、賑やかになりそうね。帰り道も楽しかったわ」

「帰り道か……オリヴィア様が一緒じゃないと、絶対に通らない道だったな」

兄様は眉間にしわを寄せている。湖までの道はお尻が痛くなるくらい馬車が揺れたから、それを思い出しているのかもしれない。

「お祖母様は、あの予言を聞かせたくて、あの道を通ったのよね？」

声の主はわからなかった。

数人が近くで話しているようだったけれど、その姿はまったく見えなかった。

私の問いに、兄様は首を縦に振る。

「あの予言の通りだと、俺とミレーヌの子は三人ってことかな」

「あっ、一人の子どもに一つの予言ってことなのね。運命の相手を見つける子はいいけれど、残りの二人が心配だわ。特に、国を憂うって……ルールニーとレガール、どちらの国なのかしら」

「わからないな。でも、幸せになるように祝福を授けてもらったようだし、大丈夫だろう。まぁ、子どもができない心配はしなくてよさそうだな」

兄様との子ども……三人も。

想像するとうれしくなったけれど、他のことも考えてしまって顔が熱くなる。

「ミレーヌ？　何を考えたのか言って？　耳まで真っ赤だよ」

「……兄様の意地悪！」

「いや、意地悪なのはミレーヌだよ。俺が手を出せないの知ってて、そういう顔するんだから」

そう言って見つめてくる兄様の顔が、ゆっくりと近づいてくる。

くちびるが重なって、入ってきた舌が絡み合った。

私は気持ちよさにおぼれそうになりながら、兄様の服にしがみつく。

このまま兄様と混ざり合えればいいのに。

そんなことを思いながら、私は兄様とのくちづけに没頭した。

ルールニー王国に帰ってきた翌日、私たちは王宮の謁見室にいた。

諸々の報告を済ませると、陛下は私を心配に見つめる。

「……本当に大丈夫だったんだな？　ミレーヌ」

「はい。大丈夫です。お祖母様が作った魔術具の腕輪をつけていたので無事でした」

「そうか……」

昨日のお父様と同じように、陛下は顔を青くしている。

私のことを幼い頃から知っているから、娘のように思ってくれているのかもしれない。

もし、私に実害が及んでいたら、本当に戦争になっていたかも……？

陛下は気を取り直すように一つ息を吐くと、今度はお祖母様とオーガスト公爵を見た。

「それで、オーガスト公爵とオリヴィア様は、使者としてだけではなく何かしたいことがあって来たと？」

「そうよ。久しぶりに陛下の顔を見たいのもあったけど、ちょっとお仕置きにね」

「お仕置き？」

「レオナルド王子とマーガレット王女には、きちんと責任を感じてもらわないとね」

お祖母様がにっこり笑って言うと、その場にいたレオナルド様は真っ青になった。

隣にいるマーガレットは不安そうな顔だが、きちんと責任をとるつもりはあるようだ。

お祖母様に向かって深く深く頭を下げる。

「オリヴィア様、このたびはご迷惑をおかけして申し訳ありません。ミレーヌにも、妹がなんてことを……本当にごめんなさい」

ルールニー王国に嫁ぐことが決まって離れている今、レガール国の王宮でのことでマーガレットが謝る必要はないかもしれない。それでも申し訳ない気持ちがあるのだろう。

その謝罪を止めたのはオーガスト公爵だった。

「レオナルド王子、マーガレット王女。あなたたちがどれほど他の者に迷惑をかけたか、ご自身できちんと理解していますか？　あなたたちの軽率な行い(おこな)のせいで、責められた臣下たちがたくさんいる。それに、役人たちの仕事も増えたでしょう。合同結婚式と王太子の指名式の同時開催なんて前代未聞(ぜんだいみもん)です。準備するのは骨が折れるでしょうね」

身を小さくするレオナルド様とマーガレットに、オーガスト公爵はさらに畳みかける。

「あなたたちのせいで、ケヴィンとミレーヌもわざわざレガール国まで謝りに来なければならなくなった。メリッサ王女の暴走はレガール国の責任です。だが、そもそもあなたたちが馬鹿なことをしなければ、ミレーヌはレガール国に来なくてよかったし、あのような目に遭うこともなかった。お二人とも、まだ国を担う(にな)者としての意識が足りていません」

オーガスト公爵はそこで一度言葉を切り、陛下を見据えた。

「今回の件はマーガレット王女も悪いですが、レガールとしてはレオナルド王子に王女を傷物にされた事実は変わりません。私たちとしても、このような事態が再び起こるのは困ります。手紙にも記載の通り、今回は私が帰るまでしっかりと、お二人に教育を施すということでよろしいでしょうか」

「もちろんだ。こちらの非礼を詫びる。すまなかった。そして、私の愚息とマーガレット王女のことを頼む」

陛下は当然のようにオーガスト公爵の言葉を受け入れた。

オーガスト公爵はこのために来たのか。

王弟と王弟の婚約者への償いも兼ねて、ルールニー王国とレガール国の間にこれ以上亀裂が入らないようオーガスト公爵がしっかりと教育し、双方の国に波風が立たないようにする。

先日の三大公爵会議でそのように決まったのだろう。

「……申し訳ありませんでした。よろしくお願いいたします」

涙目のマーガレットが再度頭を下げた。

その隣で、レオナルド様も黙って頭を下げている。

オーガスト公爵は笑顔を向けているだけなのに、その迫力に圧されているようだ。

すると、今度はお祖母様がレオナルド様とマーガレットの前に立った。

「ジョセフの話はそれでいいかしら？　それでね、私が来たのは、こういうこと」

お祖母様は二人の頭の前に手をかざしている。何か魔術をかける気なのだろうか？

私が不思議に思っていると、すぐにレオナルド様の頭にいばらの冠が現れた。

そして、マーガレットの手首にもいばらの腕輪が。

それらは数秒だけ光り、すっと消えていった。

それを見た兄様がお祖母様に問いかける。

「今のはなんの魔術ですか？　見たことがありませんが」

「これはね、魔術をかけられた者同士が近寄れなくなる魔術。レガール国の三大公爵家からの、二人への罰よ。結婚式まで、お互いに触ることはできないわ。身体っていうのはね、一度でも許してしまったらもう我慢が利かないものなの。でも、一度したんだから二度目もいいなんてことはないわよ？　結婚式までは我慢してもらうわ。わかったわね？」

「はい……」

「……わかりました」

レオナルド様とマーガレットはさらにうなだれる。

あきらかに落ちこんでいるレオナルド様を見て、お祖母様がしたことは正しかったのだと私は思った。

もし結婚式を挙げる前に、マーガレットが妊娠するようなことになったら困るもの。ドレスのこともあるけど、これ以上レガール国を刺激するようなことはやめてほしい。

こうしてレオナルド様とマーガレットへのお仕置きは終わった。

お祖母様はコンコード公爵邸でのんびりし、オーガスト公爵は王宮で過ごして明日かららレオナルド様とマーガレットの教育係になることになった。二人は結婚式まではこちらにいるつもりだという。

今後の予定を決める必要があるので、私と兄様、レオナルド様とマーガレットは、レオナルド様の執務室に寄ることにした。

四人でお茶するのは久しぶりな上、帰国して初めて会うので話は尽きない。

だが、レオナルド様はぐったりとしているし、マーガレットはレオナルド様と離れて座るのが落ち着かない様子だ。

私と兄様は同じソファに座っているのに、レオナルド様とマーガレットは別々のソファに座っている。

「どのくらい近寄れるのですか?」

私がつい聞くと、レオナルド様がため息をつきつつ答えた。

「多分だけど、人ひとり分くらい間があく感じ。これ以上寄ろうと思っても、近寄れない」

レオナルド様が手をあげて、マーガレットに触ろうとする。

すると、確かに人ひとり分くらいの距離でレオナルド様の手がピタッと止まってしまった。

「オリヴィア様も酷なことするわね……でも確かに、これ以上のことは許されないわ。仕方ないと思って、受け入れる。結婚式までの我慢だし……」

すぐ近くにあるレオナルド様の手を見つめて、ちょっとすねたようにマーガレットが呟いた。触ることすらできない状況に、思わず愚痴が出たのだろう。

執務室で他に誰も聞いていないから、気が緩んだのかもしれない。

それを聞いた兄様が少しだけ咎めるような口調で釘を刺した。

「おそらくだけど、その処罰を言い出したのはオリヴィア様じゃないぞ。三大公爵家からの罰だと言っていただろう? 三大公爵会議にオリヴィア様は出席していない。誰が言い出したのかは知らないけど、それだけ怒っているってことなんだろう。あきらめてオーガスト公爵に教育してもらうんだな」

しゅんと肩を落としていたレオナルド様が、上目遣いで兄様を見る。

「叔父上、あの方はどういう方なのですか？」

「あの人はオリヴィア様の弟だ。今のオーガスト公爵家当主のね。レガール国王の相談役にもなっている。明日から厳しくされるだろうが、ここをしっかり乗り越えないと、お前たちが認められることはないと思えよ。しっかり自分の言動に責任を持てるようになってくれ」

「「……はい」」

レオナルド様とマーガレットが、蚊の鳴くような声で返事した。

兄様だって怒っていないわけじゃない。私たちの結婚だって振り回されているのだ。少しは言いたくもなるのだろう。

そう思ってから私はふと兄様に尋ねる。

「レオナルド様とマーガレットの教育に時間が必要だとすると、結婚式の準備は私たちが進めることになるのかしら？」

「そうだな。宰相と三人で進めていくことになると思うぞ。ドレスに関しては、マリーナ様の手を借りる必要もあるだろう。王太子の指名式は俺と宰相が指揮をとる予定だ。

あと半年しかないからな……明日から急いで文官に指示を出さないと間に合わない」

やらなければいけないことがありすぎて、ため息が出そうになる。

それでも、なんとか間に合わせなくてはいけない。

王太子の指名式とレオナルド様たちの結婚式、そして私たちの結婚式を。

ルールニー王国だけで準備を進めていいと言ってもらえたことだけが救いだ。レガール国との相談が必要だったら、絶対に間に合わなかっただろう。

オーガスト公爵はそのことをわかっていて、こちらに主導権を渡してくれたのだと思う。

みんなの期待を裏切らないためにも、頑張らなければ。

私は心の中で、気合いを入れ直したのだった。

それからの半年は、本当にあっという間だった。

公爵家に帰る時間もないくらいの忙しさだった。

兄様が帰国してからほとんど使っていなかった王弟宮に公爵家の使用人たちを呼び寄せて、私と兄様はそちらに生活を移した。

準備が間に合うかわからない状態が続き、兄様は大変そうだった。

だが、私にできるのは指示を受けて準備を進めることだけで、歯がゆかった。

手伝うだけでもやることは膨大だったのだから、全体の指揮をとっていたお父様と兄様の苦労は、想像の範囲をこえていたと思う。

私は準備を手伝う合間を縫って侍女たちに身体を磨かれる毎日だったが、その最中に疲れて寝てしまうことも多々あった。

それでもなんとかマーガレットと一緒にドレスを仕立てたり、招待客のリストを確認したりと、やるべきことをこなしていった。

——そして、やっと。

先ほど、指名式が無事に終わり、レオナルド様が王太子となった。

「ようやくね」

「ああ、本当にようやくだ」

私と兄様は、笑顔でうなずき合う。

明日の昼過ぎから、結婚式が行われる。

最初にレオナルド様とマーガレットの。

そのあとで、私と兄様の結婚式が。

毎日忙しかったからこそ、レオナルド様の王太子の指名式が終わった今は、ようやくといった気持ちが強い。

あのときのお祖母様の魔術には、感謝してもしきれない。

この半年間でレオナルド様がマーガレットといちゃついていたら、きっと兄様はレオナルド様を殴り倒していただろう。私と兄様は会話する時間さえままならなかったのだから。

こんなことまで、三大公爵家は見通していたのだろうか？

レオナルド様とマーガレットは、オーガスト公爵にたっぷりと教育された。

最初の頃はかなり落ち込んでいたようだが、最近は見違えるほどに成長したと思う。

話を聞いたら、レオナルド様はオーガスト公爵に「ケヴィンを負かすことができるか」と問われたようだ。

国王になるのはレオナルド様。ケヴィン兄様はあくまで宰相であり、レオナルド様の臣下にすぎない。

もし二人の意見が割れてしまったとしても、最後に判断を下すのはレオナルド様だ。

兄様に頼らず、自分で決断する力を持てということらしい。

それからずっと、オーガスト公爵が付きっきりで王政を教えたようだ。

兄様に勝つのはまだ先の話だと思うけど、国王としてやっていける力はついたのではないかと思う。

今日の王太子の指名式でも威厳ある姿を民衆に示せたのではないだろうか。

レオナルド様を見る陛下の目は優しかった。父親として国王として、今日ほどうれしい日もなかったに違いない。

マーガレットはオーガスト公爵だけでなく、お祖母様からも指導を受けていた。

いつもは自由奔放だけど、お祖母様は王妃になるための教育を受けている。

オーガスト公爵よりも適任だということで、マーガレットの教育はお祖母様も携わることになったようだ。

マーガレットは、自分たちの軽はずみな行動のせいで処罰を受けた使用人たちがいることに気がついてもいなかったそうだが、王妃になれば王宮内の人事は彼女が担うことになる。女官や侍女のことを把握していないなどありえないと、お祖母様から叱られたらしい。

それだけでなく様々な教育を受け、マーガレットは最初の頃は目に見えて落ち込んでいた。

だが、ある日吹っ切れたようで積極的に教えを乞い、改めて王太子妃にふさわしい行動を意識するようになったらしい。

今では周りにいる女官や侍女にも気を配っており、お祖母様も満足げだ。

今のレオナルド様とマーガレットなら、国王と王妃になっても問題ないはずだ。

そして二人を支えるために、私と兄様は助力を惜しまない。

この国の未来が、とても楽しみだ。

王太子の指名式の片づけを終え、私たちは王弟宮にて夕食を共にした。

そして、私が現在使用している王弟宮の一室に送ってもらう。

これから、まだ花嫁になるための準備があるらしい。

残念ながら今日も公爵邸に帰る時間はとれなかったので、レナが侍女たちを連れてこちらに来てくれることになっている。

先日打ち合わせをしたときに張り切っていたから、これから何をされるのか少し心配になってしまう。

そんなことを考えているうちに、部屋の前に着いてしまった。

つながれていた兄様の手が、離れていく。それがつらく感じる。

本当はこのまま一緒にいてほしい。

だけど、あのつらかった日々を、離れていた五年間を思えば、今の寂しさなんてないようなものだ。

別々の寝室を使うのは、今日が最後の夜になる。

明日からは寝室でも兄様と一緒にいられる。

「おやすみ、ミレーヌ」

兄様が重なるだけのくちづけをくれて、離れていく。

「おやすみなさい、ケヴィン兄様」

兄様の背中を見送るのも今日が最後。

ずっと叶わないと思っていた、初恋が実った。

たくさん苦しいことがあったし、兄様と気持ちを通じ合わせたあとも、一筋縄ではいかなかったけれど……大好きな人と結婚することができる。

やっと手が届いた幸せを噛みしめながら、私は部屋に入った。

エピローグ

教会の扉が開く。

お父様にエスコートされて、一歩踏み出した。

通路の両脇に並んだたくさん参列者が、一斉にこちらを向いた。

教会の窓のガラスから光が差し込んで、これから歩く道を照らしてくれている。

この日のために織られた薄布を重ねた薄紫色のドレスが、私の動きに合わせてふんわりと揺れた。

ベールに細かく刺繍(ししゅう)された小さな金の花がきらめいている。まるで、光をまとわせて歩いているようだ。

中央で待っている兄様にゆっくりと近づいて、目の前で止まった。

ここでお父様から兄様に私のエスコートが交代する。

「ケヴィン、俺はお前のことも大事に思っている。ミレーヌとずっと共に生きて、二人で幸せになってくれ。ミレーヌを頼んだぞ」

結婚式が近づくにつれて口数が減っていたお父様だが、今日は笑顔を見せてくれた。

そっと背中を軽く押し出されて、私は兄様の手をとる。

「お父様、ありがとうございます」

「宰相、今日から俺も宰相の息子だな。親孝行はちゃんとするから、期待してくれ」

「あぁ、わかった」

お父様は兄様に微笑むと、親族の参列席に行ってお母様の隣に並んだ。

お母様はもう泣いたあとなのか、目を真っ赤にしている。

幸せになってねと、今朝（けさ）言われたことを思い出した。

その言葉もうれしかったけど、外出するのが怖いお母様が、参列して祝ってくれるのが何よりうれしい。

「ミレーヌ、ようやく俺のミレーヌにできるね。いつも綺麗だけど、今日は本当に妖精のようだ」

私を優しくエスコートしながら、兄様がささやいた。

ベール越しの兄様は、いつもよりも頼もしく見える。

五年も会わないうちに兄様は大人の男性になっていた。

再会したときには、こんな幸せが待っているとは思わなかった。

誰にも頼れなくて苦しくて、何度も兄様のことを思い出して泣いていた。
ここに兄様がいればいいのに、兄様と一緒にいられたらいいのにと、何度も考えた。
叶わないと思っていた願いが、今日叶う。
この式が終わったら、誰もが認めてくれる夫婦になる。
兄様に甘えても頼っても、責められることはない。
苦しかった時間は、もう終わり。
これからは新しい人生に変わるような気持ちで、私は兄様と向き合った。
ゆっくりとベールがあげられて、視線が合う。
あぁ、兄様と結婚するんだ。
実感が湧いてきて、うれしさを隠せない。
「ケヴィン兄様、兄様の妻になれるのが、本当にうれしい」
同じようにうれしそうな兄様を見ると、涙がこぼれそうだ。
視界がぼやけていく中、兄様の顔がゆっくりと近づいてくる。
両頬に手を添えられて、誰にも見られないように、そっとくちづけられる。
視界に入るのは、兄様だけ。
熱い目でじっと見つめられ、このまま溶けてしまうかもしれないと思った。

こんなに甘い顔の兄様は誰にも見せたくない。

この人を独り占めできるのは自分だと示すように、私は兄様のくちづけに応えた。


その後もつつがなく式は進み、すべて終わった。

このあと私たちは、参列者に挨拶をして退場することになっている。

兄様のエスコートで歩き出すはずなのに、なぜかいつの間にか抱き上げられていた。

「兄様？」

「ごめんね、ミレーヌ。もう我慢できない」

そのまま参列者に挨拶することもなく教会を出ようとする兄様に気がついて、お父様が慌てる。

「ケヴィン!?」

「宰相、あとは頼んだ」

兄様は止めようとしたお父様にそう言って、あっという間に私を外に連れ出す。

すると、すぐそこに王家の馬車が用意されていて、私は抱き上げられたままその中に乗せられた。

驚きのあまりされるがままだったけれど、少しだけ不安になってしまう。

「兄様、あのまま出てきてしまって大丈夫ですか？」

「大丈夫。レオナルドたちはパレードがあるけど、俺たちはこのまま王弟宮に帰ることになってる。少しだけ時間が早いかもしれないけど、その辺は宰相がうまくやってくれるよ。俺は早くミレーヌと二人きりになりたい。嫌だったか？」

懇願するような兄様の声に、もう他のことを心配する余裕がなくなってしまう。

私も素直になりたい。

「ううん……私も兄様と二人きりになりたい。早くお部屋に連れていってください」

このあとがどうなるのかわかっていてお願いするなんて、恥ずかしい。

顔が熱くて、隠すように兄様の胸に顔を当てると、ぎゅっと強く抱きしめられる。

早く王弟宮に着かないだろうか。

さほど遠くないはずなのに、王弟宮までの道のりがとても長く感じた。

やっと着いたと思ったら、また兄様に抱き上げられて連れていかれる。

二人でゆっくり過ごすための部屋は、新しく用意してあった。

一週間くらい二人でいられると聞いているけど、本当だろうか。

触り心地のよいシーツと掛け布が敷かれている大きな寝台の上に座らされると、兄様が後ろ側に回りこんだ。

そのままぎゅっと引き寄せられて、熱い吐息が耳を掠める。

それが恥ずかしく感じて、おろおろしてしまう。

「ミレーヌ、今日は途中で止まってあげられないよ?」

兄様の手が服にかけられて、心臓が飛び跳ねる。

けれど、止めてほしいとは少しも思わなかった。

「止めないで? 兄様のものに、ちゃんとしてください」

その言葉に応じるような激しいくちづけが降ってくる。

額に頬に首に、何度もくちびるが触れる。

「気持ちいいところ、ちゃんと教えて? ミレーヌ」

「んっ……全部きもちいぃ……」

触れているところから魔力が伝わってくるのか、気持ちよさに流されて何も考えられない。

兄様とこのまま溶けてしまうのかもしれない。

そうならいいのに。一つになって、このままずっと一緒にいたい。

「やっと、一つになれる。ミレーヌ、愛してるよ」

少し明るくなった部屋で、眠るふりをして隣にいる兄様を見ていた。

いつも凛々しい兄様だけど、寝ているときは眉をしかめていないからか、ちょっと気が抜けているように見えて可愛い。

私は日射しが入り込んでくる窓の外を見た。

結婚式から何日経ったのだろう。

軽食をとる間も湯浴みも、兄様とずっと一緒。二人きりだ。

結婚式の教会から、そのまま連れ出されるとは思ってなかった。

結婚式の当日、兄様は少し疲れている顔をしていた。

兄様が大変だったのは誰よりもわかっていたから、ゆっくり休んでほしい気持ちはあった。

でも、限界だって、早く一つになりたかったなんて言われたら。

休んでほしいなんて言えなくなってしまった。

やっと私は兄様のものになれた。

とても大事なものを扱うように抱いてくれていると感じた。

ミレーヌを愛していると言って、最後までしてくれた。

気持ちよすぎて身体が溶けてしまうんじゃないかって思った。

思い出すと、まだ苦しくなるくらいドキドキする。

こうして今も裸で隣に寝ているのに、何度も抱かれているのに、兄様に触れられるたびに胸が苦しい。

ルールニー王国のために他の人と結婚するなんて、私の人生がそんな結末じゃなくてよかった。

たとえまた引き離されそうになったとしても、あきらめるようなことはしない。

兄様と一緒にいたい。

「ん……ミレーヌ？　起きた？」

うっすら目を開けた兄様が、手を伸ばしてくる。

そのまま抱き寄せられて、腕の中にすっぽりとしまい込まれてしまった。

「どこにも行かせない……」

寝ぼけているらしい兄様に、おもわず笑みがこぼれる。

「うん、兄様。ミレーヌはどこにも行かない。ずっと一緒にいるからね」

子どもの頃のように話しかけて、胸に頬をすり寄せて温かさを味わっていると、次第に瞼が重くなる。

誰にも邪魔されない幸せを強く感じながら、もう一度眠ることにした。

大丈夫、起きても隣には兄様がいる。

これからも、ずっと。

合同結婚式から、数か月が経った。

その日、ルールニー王国の輝かしい歴史をこの目で見届けようと、王宮の前にはあふれるほどに人が集まっていた。

白地に金の線が入った礼服を着て、赤いマントをつけたレオナルドは、王太子の指名式で賜った冠を被っている。

彼と手をつないで隣に立つのは、黒髪に赤いドレスが映える、あでやかなマーガレット王太子妃である。

彼らは王宮のバルコニーから、国民たちに笑みを向け、手を振っていた。

数か月前に教会で行われた結婚式は公開されなかったが、前例のない王太子と王弟の合同結婚式に国民は喜びに沸いた。

レオナルドとケヴィン、マーガレットとミレーヌの仲がよいことも、国民には喜ばしいことだと受け入れられていた。

この日、レオナルドとマーガレットが、あと数年で国王と王妃になることが発表された。

そして、現宰相補佐であるケヴィンは宰相に。

彼の妻のミレーヌは女性で初めての宰相補佐になることが決定した。

ケヴィンがミレーヌを公爵邸に一人で残したくないという気持ちと、レオナルドがミレーヌの才能を惜(お)しんだこと、そしてマーガレットが王妃の仕事をミレーヌに手伝ってもらいたかったこと。

それぞれの思惑が一致したことで実現した。

宰相補佐に任命されたミレーヌは驚いたが、自分ができることならと快(こころよ)く引き受けた。

身ごもるまでの短い時間かもしれないが、国にとって少しでも役に立てるならと。


それから数年後、つつがなく国王の代替わりは行(おこな)われ、レオナルド国王とマーガレット王妃、ケヴィン宰相とミレーヌ宰相補佐が誕生した。

女性初であるミレーヌ宰相補佐はその手腕を存分に振るい、国の女性たちに新たな可能性を示す存在となった。

――こうしてルールニー王国の歴史は、新しく刻まれていく。

書き下ろし番外編

二つの組み紐

合同結婚式から二年が過ぎた頃、ケヴィン兄様と私はフーリア辺境伯領地まで視察に来ていた。フーリアは王都から馬車で一週間ほどかかる領地で、王家の者が五年に一度視察することが決められている。前回の視察はお父様が担当したらしいが、今回は次の宰相と宰相補佐として私たちが任されることになった。

「想像していたよりもずっと広いのね。奥が見えないわ」

「どのくらい広いのか、地図が作れないほどだからな」

「ここを守るのは大変なのね」

あまり近くに行くと危険があると言われ、丘の上から森を見せてもらった。

フーリアにある森は広大で、どこまで続いているのかわかっていない。しかも、森の奥には『森の民』と呼ばれている者たちが住んでいるので、調べることもできない。森の民にはルールニー王国の言葉が通じず、会えばすぐに攻撃してくる。どうやら数年ごとに住む場所を変えているらしく、近い場所に住んでいるときはフーリアに攻めてくることもあったそうだ。そのため、この地は騎士団を有している。王家以外で騎士団を所有することが許されているのはここだけだ。

「あぁ、騎士団が帰ってきたようです」

「あれか……何か獲物をとってきたのか？」

「狼でしょうか。最近、家畜がやられると苦情がきていましたから」

「なるほど」

　森の民が襲ってきたときのために存在する騎士団だが、普段はフーリアの生活を守るために活動しているという。森から出てきた騎士団の何人かは獲物を背に担いでいる。皆、大きな身体にこげ茶色の髪、そして日に焼けている。王都にいる者たちとはだいぶ違って見える。フーリアにいる貴族は辺境伯の一家だけ。他の領地から令嬢が嫁いでくるのは稀なことで、たいていは分家から嫁をもらうのだと聞いた。

　私たちの視察について説明をしてくれているのは辺境伯令息のイゴル。三十過ぎたくらいだろうか。貴族の血が入っているため、フーリアではめずらしい金髪に琥珀色の目をしている。身体はそれほど大きくないが、鍛えているのはわかる。長男のイゴルが辺境伯を継ぐ予定で、次男のヨゼフは副団長として騎士団を率いているそうだが、ヨゼフとはまだ顔を合わせていない。

昨日の晩餐に出席したのは辺境伯夫妻と、イゴル夫妻だけだった。理由はわかっている。ヨゼフの妻はリン・ケルドラード元伯爵令嬢だ。学園でのレオナルド様とのお茶会の一件で、お父様がヨゼフとの縁談を結んだ。公式な場には出てこられないはずだ。

王都から遠ざけたのは罰と言ってもいいが、元平民のリンにとってヨゼフは格上の相手となる。フーリアという特別な地に嫁ぐ苦労はあっても、王族に媚薬を盛ろうとした処罰としては軽すぎるものだった。おそらく辺境伯とイゴルにはリンがしたことは知らされている。その上で、なんらかの取引があって縁談を受け入れたのだと思う。

丘から辺境伯の屋敷へと戻ると、昼食の準備をしていたようでいい匂いがしている。屋敷の裏に行くと、そこでは女性たちが大きな鍋で料理をしていた。

「騎士団の活動があったときは、こうして大鍋で食事を作るのです。大食いばかりですから。作っているのは騎士団員の妻です。妻たちの交流の場でもあるんですよ」

「なるほど。外で食事を作っているとは思わなかったが、これだけ大量の食事を用意するなら仕方ないのか」

屋敷の裏庭は騎士団が食事をする場所なのか、木の長テーブルがいくつも置かれている。その上にはすでにたくさんの料理が並べられていた。先ほど森から出てきたのが見えたから、騎士団もじきに到着するだろう。

「このような食事で申し訳ないのですが、ケヴィン様とミレーヌ様の分をご用意いたしました。……屋敷の中に運びましょうか？」

「いや、外でいいよ。これも視察だからね。大丈夫だろう、ミレーヌ」

「ええ、外で皆さんと食事をするなんて、めったにない経験だわ」

騎士団の食事なんて初めて見るし、香辛料なのか嗅いだことのない匂いだった。イゴルは私たちに気を遣ったのかもしれないけれど、これも視察の一つだし、何よりも初めての経験にわくわくしている。

さすがに騎士団と同じテーブルではなく、奥にあるテントの下に私たち用のテーブルが用意されていた。ケヴィン兄様と座って待っていると、女性たちが食事を運んでくる。その中に、茶色の髪の女性を見つけた。フーリアの女性の髪はこげ茶色だから、一人だけ違って見分けやすい。じっと見ていると、こちらに気がついたのか目が合った。やはりリンだ。あれから四年近く経っているからか、ずっと大人びて見えた。私たちに気がつくと、ぺこりと頭を下げたが、近くにいた女性に呼ばれて去っていく。

「……最初は、どんなひどい令嬢が来るのかと思っていましたが、今では騎士団の妻たちをまとめてくれています」

「リンさんが？」

「ええ。平民として暮らしていたから、大人数で料理をするのも慣れていると。気の強い騎士団の妻たちに可愛がられ、副団長の妻として頑張っているようです」

「そう……よかったわ」

リンが私たちに近寄ってきたり、話しかけてこないのは、しっかり反省したからなのだろう。自分のしたことがどれだけ重い罪だったか理解できたからこそ、安易に謝ってきたりしないのだ。私に媚薬を盛ったことが知られてしまえば、今からでも処罰しなくてはいけなくなる。そうなればもうここにはいられない。

フーリアに嫁ぐ際に、お父様がリンに王都であったことを他の者に話してはいけないと厳命したと聞いた。それをしっかり守ってくれているのであれば、罪を軽くしてくれと願ったレオナルド様も安心するだろう。

出された料理は猪と山菜を煮こんだものだった。塩だけでなく香辛料も効いていて、初めての味だったが悪くない。食べていると身体が温まってきて、疲れがとれるような気がした。そのうち、騎士団が帰ってくると長テーブルは人であふれかえる。少し離れたところで、リンが大きな身体の男性に料理を運んでいるのが見えた。二人でうれしそうに笑っている。きっとあの男性が辺境伯次男のヨゼフなのだろう。

「幸せそうでよかったわ」

「そうだな。ミレーヌは騎士団よりもそっちのほうが気になってたんだろう?」

「どっちもよ。フーリアの森も気になっていたもの」

「そうか。迷ったけど、連れてきてよかったよ」

「ふふ。ありがとう、兄様」

　本当はケヴィン兄様だけが視察に来る予定だった。それを私も連れていってほしいとお願いして、無理やりついてきた。きっとこれが最初で最後の視察になるだろうから。

　三日間の視察が終わり、馬車に乗って帰ろうとしたとき、見送りに来ていた中から数名の女性が前に出てきた。その中にリンもいるのを見て、驚いたけれど話を聞く。

「あの……フーリアでは身ごもっている者たちがお守りを作って、新しい夫婦へ贈る伝統があるんです」

「お二人のためにこれを作りました。受け取っていただけますか?」

　差し出されたお守りを見ると、組み紐のようだ。青と紫に染めた糸で編まれている。

　そして、もう一つは黒と青。これはもしかして。

「もう一つは、王太子夫妻へのお土産かしら?」

　質問すると、小さな声で答えたのはリンだった。

「……受け取っていただけないかもしれませんが」

「私が預かっていくわ。きっと受け取ってくれると思うから」

リンは私の言葉に、ぱぁっと明るい顔になって、何度も頭を下げる。それを見て、ヨゼフが慌てて止めに入った。心配そうに背中をさする姿を見て心が温かくなる。そうか、リンも身ごもっているんだ。まだお腹は大きくないけれど、うまくいっているようで本当によかった。

お世話になった辺境伯とイゴルへ、もう一度お礼を言ってから馬車に乗り込む。見送りに来ていた人たちに手を振られ、馬車は王都へと出発した。

「いいところだったわ」

「ああ。次は五年後か。さすがにレオナルドを視察に来させるわけにはいかないしな」

「さすがにそれは。マーガレットが心配するもの」

「そうだな」

手に持っていた組み紐を布に包んで大事にしまう。マーガレットは複雑そうな顔をするかもしれないけれど、受け取ってくれると思う。

「そのお守りは、子宝のお守りだそうだ」

「だから、身ごもっている女性たちで作るのね」

納得していると、ケヴィン兄様に抱き上げられ、ひざの上に座らされる。軽くくちづけをされるのと同時に、ぎゅっと抱きしめられたので、兄様の胸に頬を寄せた。辺境伯の屋敷にいる間は兄様に甘えられなかったから、こうするのは久しぶりな感じがする。

「もういいだろう。レオナルドも待たなくていいと言っている」

「そうね。私もそろそろだと思うわ」

レオナルド様とマーガレットとの合同結婚式から、もう二年も過ぎてしまっている。ケヴィン兄様にも王位継承権があるため、できれば王太子妃であるマーガレットに先に子どもを産んでほしいと思っていた。だが、それも限界が近い。

私と兄様がいばらの誓いをしていることはルールニーの高位貴族では知らない人はいない。そのため、他にも妃を娶ることができるレオナルド様に側妃をという声が出始めていた。だが、レオナルド様はマーガレット以外に妃を持ちたくないと考えている。兄様が王族に残っている理由は、マーガレットに子ができなくても、私が子を産めばその子に王位を継がせることができるからだ。

妖精の泉で予言されたことで、私たちに子ができないという心配はしていない。王位争いが起きないようにと考えていたが、これぱかりは仕方がない。私が子を産めば、少なくとも今すぐにレオナルド様が側妃を娶らなくてはいけない理由はなくなる。それはマーガレットも理解しているはずだ。

「こうやって兄様とゆっくり旅ができるのも最後だわ。だから、連れてきてもらったの」

「そういうことか。あの元伯爵令嬢が心配だからだと思っていた」

「それもあるけど、身ごもったら馬車での旅は難しくなるわ。兄様だけを視察に行かせてしまうことになるでしょう？　どんな場所なのか見ておきたかったの」

「そっか。だけど、最後ではないよ」

「え？」

「子どもを産んで育てたあとでも、俺との旅はできる。そうしたら、今度はミレーヌが行きたいところに行こうな」

「ふふっ。兄様、ありがとう」

うれしくて抱きついたら、またくちびるが重なった。忙しい兄様とこうしてずっと一緒にいられるのは旅の間だけ。今は私だけの兄様でいてくれる。幸せだと思いながら兄様の首の後ろに腕を回した。

わかっていたけれど、出産は大変だった。魔力調整が必要かもしれないとオリヴィアお祖母様が魔術具を作ってくれなければ、意識をなくしていたかもしれない。苦しくてあきらめそうになるけれど、産まなければ痛みは終わらない。必死に耐えて、やっと産まれたときは、自然に涙がこぼれて止まらなくなった。

　しばらくして、産湯につかった子どもを抱いて、兄様が部屋に入ってきた。

「ミレーヌ、大丈夫か？　よく頑張ったな」

「兄様、子どもは？」

「ほら、男の子だよ。銀色の髪に紫の目」

「お祖母様と一緒ね！　本当に綺麗な銀色。可愛いわ」

　産むのが苦しすぎて、子どもが可愛いと思えなかったらどうしようかと思っていた。だけど、こんなにも小さくて、全身で息をしているのがわかるくらい胸が動いているのを見て、心から愛(いと)しいと思えた。

「ありがとう。俺を父親にしてくれて」

「兄様？」

「俺は産んでくれた母に感謝できなかった。だけど、ミレーヌが頑張ってくれていたのを見て、俺もこんな風に産んでもらったんだと初めて思えた」

「きっと、兄様のお母様も喜んでいるわ。だって、初孫だもの」

「そうだな。義父上(ちちうえ)が外で大泣きしている。義母上(ははうえ)がそれを笑って見ていたよ。きっと、俺の母上も生きていたらあんな風に笑ったんだろうなぁ」

お父様が泣いているのは想像ができる。あの日、兄様と再会した日、お父様が号泣したのを見て、仕事ばかりのお父様に愛されているんだって初めて思えた。今、兄様は初めてお母様に愛されていたって気がついたんだろう。

「兄様、この子の名前は？」

「子どもと会ってから決めようと思っていたんだ。ジークハルトにしよう」

「ジークハルト。ジークね。いい名前だわ」

「ああ。きっとジークも俺のように運命を見つけるはずだ」

「運命の相手を。ふふ。そうだといいわね」

何も知らないジークは大きく口を開けた。あくびをしたんだと思うけれど、まるで「そうだよ」と言っているみたいで笑ってしまった。この子には、いえ、子どもたちにはどんな運命が待っているのかわからない。それでもいつか運命の相手に出会って、心から幸せだと思ってほしいと願った。

本書は、2021年10月当社より単行本として刊行されたものに書き下ろしを加えて文庫化したものです。


この作品に対する皆様のご意見・ご感想をお待ちしております。

おハガキ・お手紙は以下の宛先にお送りください。

【宛先】

〒150-6019 東京都渋谷区恵比寿4-20-3 恵比寿ｶﾞｰﾃﾞﾝﾌﾟﾚｲｽﾀﾜｰ 19F
（株）アルファポリス　書籍感想係

メールフォームでのご意見・ご感想は右のＱＲコードから、
あるいは以下のワードで検索をかけてください。

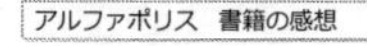

ご感想はこちらから

レジーナ文庫

5年(ねん)も苦(くる)しんだのだから、もうスッキリ幸(しあわ)せになってもいいですよね？

gacchi(がっち)

2024年5月20日初版発行

文庫編集－斧木悠子・森 順子
編集長－倉持真理
発行者－梶本雄介
発行所－株式会社アルファポリス
〒150-6019 東京都渋谷区恵比寿4-20-3 恵比寿ｶﾞｰﾃﾞﾝﾌﾟﾚｲｽﾀﾜｰ19階
TEL 03-6277-1601（営業）　03-6277-1602（編集）
URL https://www.alphapolis.co.jp/
発売元－株式会社星雲社（共同出版社・流通責任出版社）
〒112-0005 東京都文京区水道1-3-30
TEL 03-3868-3275
装丁・本文イラスト－月戸
装丁デザイン－AFTERGLOW
（レーベルフォーマットデザイン－ansyyqdesign）
印刷－中央精版印刷株式会社

価格はカバーに表示されてあります。

落丁乱丁の場合はアルファポリスまでご連絡ください。

送料は小社負担でお取り替えします。


ISBN978-4-434-33887-8 C0193